1979

|

1988

这支笔正是作者写作长篇小说《神鞭》用过的

激流中

1979-1988
我与新时期文学

冯骥才　著

人民文学出版社

图书在版编目（CIP）数据

激流中/冯骥才著. —北京：人民文学出版社，2017. 8
ISBN 978-7-02-013137-2

Ⅰ. ①激… Ⅱ. ①冯… Ⅲ. ①随笔—作品集—中国—当代 Ⅳ. ①I267.1

中国版本图书馆 CIP 数据核字(2017)第 191336 号

责任编辑　脚　印
装帧设计　刘　静
责任印制　史　帅

出版发行　人民文学出版社
社　　址　北京市朝内大街 166 号
邮政编码　100705
网　　址　http://www.rw-cn.com

印　　刷　三河市鑫金马印装有限公司
经　　销　全国新华书店等

字　　数　120 千字
开　　本　880 毫米×1230 毫米　1/32
印　　张　9.25　插页 3
印　　数　1—20000
版　　次　2017 年 9 月北京第 1 版
印　　次　2017 年 9 月第 1 次印刷

书　　号　978-7-02-013137-2
定　　价　35.00 元

目　次

身返激流里（自序）

二月惊蛰已过，还是很冷，不敢减衣，春天好像还远，它远在哪里，远得如同隔世一般吗？忽然一位朋友从微信发来拍摄于南方某城的一段视频，打开一看叫我惊呆！高高的天上，一队队大雁正列阵飞过，每队至少一二百只，它们或是排成极长的一横排，手牵手一般由南朝北向前行进；或是排成美丽的人字，好像机群，一队队源源不绝地飞过。我从来没有看过如此壮观的景象，据说此时这个城市的飞机都停飞了，是为了飞行安全，还是为了给它们让路？我不曾知道归雁竟然这样气势如虹！

我想，此时即使是在南方，高天之上也很冷吧。然而，再寒冷也挡不住春回大地时刻大雁们的勇气。它们一定要最先把春之信息送到人间，让我们心中陡然燃起对春天的渴望，焰花一般冒出对新一年生活浪漫的遐想。尤其是一队队归雁中领队的那只头雁，让人分外尊敬。它充满豪气地冲在最前边，它伸长的头颈像一把剑扎进寒风里，刺破僵死的冬天世界，翅膀不停地扇动着从南国带来的风。它叫我们感到，大自然的春天和生命的力量无可阻挡。它叫我激情洋溢。不知为什么，我心中竟然一下子莫名并热烘烘冒出了一个过往的时代的感觉——八十年代！

那个激流奔涌的时代，那个时代的文学。同样的勇敢，冲锋陷阵，激情四射，精神纯粹和不可遏止。于是，无数人和事，无数叫我再次感动的细节，像激流中雪白的浪花照眼地闪耀起来。我有幸是那个时代的亲历者，我也是那个时代的弄潮儿中的一个呢。

于是，我有了按捺不住要继续写出我心灵史的第三部《激流中》的渴望。《激流中》所要写的正是从1979年到1988年我亲历的社会与文学，还有我的生活。

此前不久，我还同样有过一次动笔要写《激流中》的冲动。那是在去年的十月份。我在意大利中北部做了一次路途很长的旅行，跑了许多意大利文艺复兴时期曾经光彩夺目的大大小小的古城。我寻访古迹，拜谒那些大名鼎鼎的博物馆，为的是体验那场伟大的人文运动的精神与气质。当我从中强烈地感受到西方人由中世纪黑暗时代挣脱出来所爆发的无穷的激情与创造力时，我也情不自禁联想到我们的八十年代。尽管在本质上绝非一样。但这种生命的爆发、这种不可遏止、这种天地一新，却令我同样激动，让我怀念，也使我沉思与叹喟。

八十年代是我必须用笔去回忆的。我一直揣着这个想法。

我承认，我有八十年代的情结。不仅因为它是中国当代史一个急转弯，也是空前又独特的文学时代。当然，它还是我人生一个跳跃式转换的季节——由寒冬快速转入火热的炎夏。

那是一个非常的时代，也是一个反常的时代；一个百感交集的时代，也是一个心怀渴望的时代；一个涌向物质化的时代，也是一个纯精神和思考的时代；一个干预现实的时代，也是一个理想主义的时代。一切都被卷在这个时代的激流中——特别是文学和文坛，还有正值中青年的我。可是，现在为什么看不到几本记录和探索这个非凡时代的书呢？为什么？

在屈指可数的关于八十年代文学的书籍中，有一本马原的作家采访录，书名叫作《重返黄金时代》，让我怦然心动。他竟然用“黄金时代”来评价那个时代。只有俄罗斯把他们的十九世纪初的文学称作“黄金时代”。然而马原的这个称呼并没有引起格外的注意。尽管八十年代已成为历史，但它至今还得不到历史的“认定”。

可是我一动笔，太多的往事、细节、人物、场景、画面、事件、观点、冲突、恩怨、思想、感动，全都一拥而至。这个时代给我的东西太多了。文字是线性的，无法把这些千头万绪的内容全都放进书里。最后我只能这样为自己解脱——如果我能将那个时代独有的精神和气息真切地表达出来了，我的工作便算是完成了。

当然，每个人都从自己的角度看一个时代，没有人能够把历史真正地说明白，可是我们却能把个人的经历和体验说真实。当然，还不能小看这“真实”二字，因为真实的后边需要诚实和勇气。这时，我想到自己说过的一句话：

老天叫我从事文学，就是叫我不辜负时代的真实。

于是，我转过身来，纵入昨日——八十年代的激流中。

2017.3.6

一、当头一棒

1979年11月第四次文代会开过，我扛着热烘烘的一团梦想返回天津，准备大干一场。此时这种感觉我已经充分又饱满地写在《凌汛》中了。心中想写和要写的东西很像如今春运时车站里的人群——紧紧地挤成一团。我完全不知道自己身体内潜藏着一种危险，很可怕的危险。记得当时我对人文社的一位责编说，我有一种要爆发的感觉，我信心满满，洋洋自得，好像我要创造一个文学奇迹，记得当时我还不知轻重地写过一篇随笔《闯出一个新天地》，完全不知道自己的身体已经承受不住了，要出大问题了。我给自己的压力太大了！

1979年整整一年，我都陷在一种冲动中，片刻不得安宁，不得喘息。半夜冲动起来披衣伏案挥笔是常有的事。这一年我写的东西太多太多。中篇就有三部：《铺花的歧路》《啊！》《斗寒图》，都是从心里掏出的“伤痕文学”。还有许多短篇和散文随笔。往往在一部作品写作的高潮中，会突然冒出一个更强烈的故事和人物，恨不得把正在写的东西放下，先写这个更新更有冲击力的小说。我有点控制不住自己了。我感觉自己整天是在跳动着。我那时烟抽得很凶。因为有了稿费，可以换一些好牌子的烟来抽，把“战斗”换成“恒大”。不知是因为好烟抽得过瘾，还是烟有助于思维，我的烟抽得愈来愈多。烟使我更兴奋更有灵感，还是更理性与更清晰？于是我小小的书桌上天天堆满大量的手稿、信件和堆满烟蒂的小碟小碗。有时来不及把烟蒂放进小碗，就带着火按灭在书桌的侧面。烟头落了一地。这是一种带点野蛮意味的疯狂的写作。

刺激我写作的另一种力量来自读者的来信。

那时一部作品发表激起的反响，对于今天的作家是不可思议的。来自天南海北的信件真如雪片一般扑面而来。在没有电话的时代，读者迫不及待想要与你说话时只有靠写信。那个时代的读者可不是盲目的粉丝，他们都是被你的作品深深打动了，心里有话渴望对你

* 八十年代初的我

说，要与你共同思考的陌生人。每天读者的来信塞满了我的信箱，我不得不动手用木板自制一个更大的信箱，挂在院中的墙上。每当打开信箱时，读者来信会像灌满的水一泄而出，弄不好掉了一地。我每次开信箱时要用一个敞口的提篮接着。

那是一个纯粹的时代，所有的信件都是纯粹的。信件包裹着真实的情感与真切的思考。这些来自全国各地的信使用各式各样的信封：有的人很穷，信封是用纸自己糊的；有的读者不知道我的地址，信封上只写“天津作家冯骥才”，甚至“天津市《×××》（我的某篇小说的篇名）作者冯骥才”。这使我想起契诃夫的小说《万卡》，九岁的万卡第一次给他乡下的爷爷写信时，不知道自己家的地址，在信封上只写了“乡下的爷爷收”。还好，由于我的信太多，邮局里的人熟悉我，只要上边有我的名字，我都能收到。

这些信有的来自遥远的村镇，再远的来自边疆，大多地名我从来没听说过。信里边的内容全是掏心窝的话，全是被我感动、反过来又深深感动我的话。他们向你倾诉衷肠，倒苦水，把心中种种无法摆脱的困扰告诉你，把你当作真正可以信赖的朋友，甚至不怕把自己的隐私乃至悔恨告诉你；还有的人把厚厚一沓请求平反的材料认认真真寄给你，他们把你当作“青天大老爷”。碰到这种信我真不知道该怎么办才好。

这样，我才知道当时大地上有那么广阔无边的苦难与冤屈。那部《铺花的歧路》招致那么多老红卫兵写信给我，叫我知道时代强加给他们的苦恼有多么深刻。尤以一种来信给我的印象至今不灭。这种信打开时会发出轻轻的沙沙声。原来这些读者写信时，一边写一边流着泪，泪滴纸上，模糊了字迹。我原先不知道眼泪也有一点点黏性。带泪的信折起来，放在信封里，邮寄过程中一挤压，信纸会轻微地黏在一起，打开信时便发出沙沙声。这极轻微的声音却强烈地打动我的心。我从来没想过自己的写作，竟与这么广泛的未曾谋面的人心灵相通。文学的意义就这样叫我感悟到了。

1979 年我写过一篇文章：《作家的社会职责》。我认为作家的社会职责是“回答时代向我们重新提出的问题”，作家的写作“是在惨痛的历史教训中开始的，姗姗而来的新生活还有许多理想乃至幻想的成分。”在这样的时代，“作家必须探索真理，勇于回答迫切的社会问题，代言于人民。”我在这篇文章中专有一节“作家应是人民的代言人”。这是“文革”刚刚过去的那一代作家最具社会担当与思想勇气的一句话。

这样一来，不但让我自觉地把自己钉在“时代责任”的十字架上，也把身上的压力自我“坐实”。我常说“我们是责任的一代”，就是缘自这个时代。它是特殊时代打在我们这一代骨头上的烙印，一辈子抹不去，不管背负它有多沉重，不管平时看得见或看不见，到了关键时候它就会自动“发作”，直到近二十年我自愿承担起文化遗产保护——这是后话了。

现在，我要说说我个人经历的一场灾难了。

在长期各种——外部的和自我的压力下，我的身体发生了问题。最初出现了两个迹象：一是在 1979 年初冬一个夜里，我埋头在自己抽烟吐出的一团团银白色浓雾里写作时，脑袋忽然有一种异样感。我感觉我对所有东西好像全都隔着“一层”，没有感觉了。这十分奇怪。我叫醒爱人，说我脑袋不大舒服，出去散散步，便下楼出门，

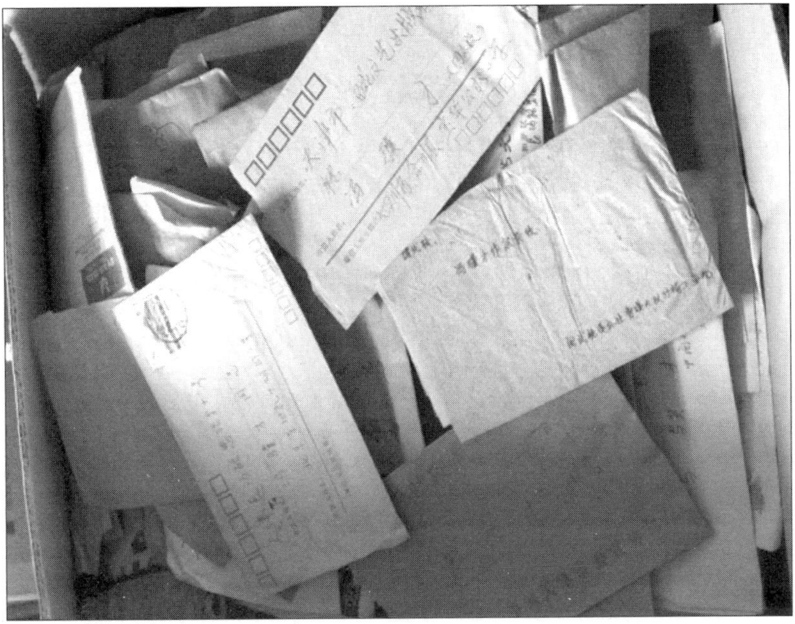

＊ 八十年代每一篇作品出来，都会招致数百上千封读者来信

走到大街上。那时城市汽车很少，也没有夜生活，路灯昏暗，但十分安静。我走了一会儿仍然感觉脑袋是空的，我试着背诵几首古诗，检查一下自己的脑袋好不好使，这些古诗倒还都记得；再想一想自己正在写的小说，却什么想法也没有，好像机器停摆了。我不知自己犯了什么病，走了一大圈也不见好，回来倒下便睡。早晨醒来竟然完全恢复，头天夜里那种离奇并有点可怕的感觉一点都没有了，脑袋里一切如常，我就接着干活。以前除去感冒我没生过什么病，眼下又急着写东西，便没有把昨夜诡异的感觉当作一个危险的信号。

过了几个月，《人民文学》通知我去北京参加一个短篇小说的“交流班”，与陈世旭、贾大山、艾克拜尔·米吉提等五六个人同住一屋。后来才知道我们都是 1979 年全国优秀小说奖的获奖者。我们天天在屋里聊天说笑，可是我又出现一个毛病，经常感到有一种身体突然往下一掉的感觉，同时还有种断了气那样不舒服的感觉。这种感觉不时地出现，这又是什么毛病呢？反正我年轻，能扛得住，先不理它。那时获得全国小说奖是一个很大的荣誉，心里的兴奋把潜在的疾患压住了。由北京返回天津那些天，这种身体的不适竟然也消失了，消失得无影无踪，我认为这就过去了呢。

一天，百花文艺出版社请我去讲一讲北京文坛的情况。那时，文坛的前沿和中心都在北京，我一半时间在北京，又刚刚获奖归来，各种情况知道得多。我到了出版社，和编辑们坐下来兴致勃勃地刚刚一聊，突然感觉胸部有很强的压抑感，呼吸吃力，甚至说不出话来。大家发现我脸色不对，前额竟流下冷汗来，叫我别讲了，说我肯定这段时间太累。我天性好强，不舒服也不肯说，逢到头疼肚子疼，向来都是忍一忍。我在编辑部休息了一会儿，感觉好一些，便起身告辞。当时我急于回家，很想马上躺下来。

百花文艺出版社离我家很近，平时一刻钟就可以到家了，可是那天我感到两条腿真像棉花做的，身体很沉。我骑上车从胜利路拐向成都道时，忽然肩膀酸疼起来，胸闷，刚才那股劲儿又来了。我从来没有过心慌，我感觉心慌得难受，跟着心脏像敲鼓那样咚咚响，猛烈得好像要跳出来。这时我已经骑到黄家花园拐角处，远远看到我家所在的那条小街——长沙路的路口了。我想我要尽快骑回家，到妻子身边，可是忽然我好像没有气了，心脏难受得无以名状，我感到已经无力回到家了。第一次有要死了的感觉。

我得承认我命运里有个保护神——

就像“文革”抄家那天，我“疯”了一分钟，却突然感觉被什么抻了一下，居然奇迹地返回正常。

就在这时候，我看见一个人迎面走来。他是我年少时的朋友，名叫王凤权，是市二附属医院的医生，就住在成都道上。不知为什么，就在这几乎生死攸关的时刻，他出现在我面前。我双手撒开车把，连人带车扑在他怀里，我说：“凤权，我不行了。”此后，我不知道他怎样把我弄到他家中，我躺在他床上，给我吃一片药。后来我知道这片药是硝酸甘油。他用听诊器给我听了心脏。他说：“你心脏跳得太快了，现在还二百多下呢，要去医院做个心电图。”

我从来没进过医院，对各种疾病一无所知，但我很怕得上心脏病。到了医院检查后，医生却说我的心脏没有病，只是室性的心动过速。我从医生的话和表情里得到了安慰。然而从这天起，我却掉进了一个百般折磨着我、无法挣脱的漆黑的深洞里。

在这个深洞里，我被一个无形而狰狞的病魔死死纠缠着。我不

* 1979年全国优秀小说颁奖时，《人民文学》杂志社邀请获奖作家畅游颐和园时的合影

知它在哪里，它却随时可能出现。它一来，我立时心慌难耐，不停地心跳，全身神经莫名地高度紧张。我无法知道它什么时候来，它说来就来；我尝试过各种办法都无法叫它停止，吃任何药都没用，严重时我有一种恐惧乃至濒死感。当时“文革”刚刚结束，书店里只能买到一本绿色塑料皮的医书，是 1970 年出版的《赤脚医生手册》。书中的各种病名、病症和药名中间，到处是黑体字的语录。我几乎把这本书翻烂了，依据自己的症状从书里却找不到答案。我从医生那里听到两种过去不曾知道的疾病，一是心脏神经官能症，一是植物性神经功能紊乱，据说我得的就是这两种病。原因是用脑过度，长期精神高度紧张，加上抽烟过多，医生还说这两种病都很难缠，没有特效药。这样，我不得不停下笔，戒了烟。有病乱求医，四处寻访民间的良医良方，然而每一个希望最终都成为泡影。这种病更大的麻烦是在心理上，不能听任何响动，怕见来客，不敢单独一人在家，害怕病魔突然来袭，这便迫使妻子必须与我时刻相守，对坐相视，不时听她小心地问：“舒服些了吗？”那一阵子，我很灰心，我想这可能是一种宿命，一生都叫厄运压着。别人受苦时，我也受苦；别人好了，我却要换一种苦来受。当然我不甘心，只要心脏相对平静，我就拿天天收到的各种书信——特别是朋友的信件来读。

现在我还保留着文坛前辈和同辈的朋友们当时向我问候病情的来信。我文坛上的朋友——好朋友太多。我的病惊动了他们。王蒙、刘心武、李小林、屠岸、李陀、蒋子龙、高莽、阎纲、路遥、陈世旭、章仲锷、苏予、严文井、李景峰、李炳银、彭荆风等等。这些信今天读来仍然感受到那些留在岁月里昨日的情意，叫我心动。

我无法找到昨天文坛与时代那种纯粹，但那种纯粹却保持在我心中。陈建功听到的是我死了的误传，据说他当时还哭了一泡。留在我心中的还有当时在《北京文学》做编辑的刘恒，受他们编辑部委托扛着一个大西瓜来瞧我的“故事”。我把这个故事已经写在《凌汛》里了。还有谌容、张洁和郑万隆结伴来天津看我。那天我那个思治里阁楼上的小屋，仅这几个人就挤不下了，我们还是热烘烘挤在一起。张洁是个率性又真实的人，她还在一篇散文《我心灵的朋友》里写下我们那天见面时——友情的纯粹。是呵，再也没有比来自文坛的关切对我更重要了。因为我那时最深爱的、要为之献身的是文学。

那的确是一个奇特的时代，文学就是文坛，文坛就是文学。不像今天，文学和文坛已经毫无关系了。

我扛着这个不明不白的病忍了半年，依旧在漆黑的深洞里盘旋不已。一天一位老医生对我说，最好的办法不是药，是“异地疗法”。所有官能症都有心理因素，换一个全新环境会有助你打破疾病的惯性和心理暗示。

“文革”时医学界完全中断与外界的联系，相互间也很少交流，手法与观念全都陈旧过时，医院给我的药只是一种：西药的安定和中药的安神丸。这个“异地疗法”听起来有理，不妨一试，就当“死马当活马医”吧。我便托我所在的单位——天津文艺创评室帮我联系北戴河的管理所，找到一间小房，妻子陪我去了。天津虽说是海滨城市，却与海相距极远，海风都吹不到。到了这里一片碧海蓝天，所见所闻和心境立时全变了，以致忘了心脏，自然感觉挺好。记得

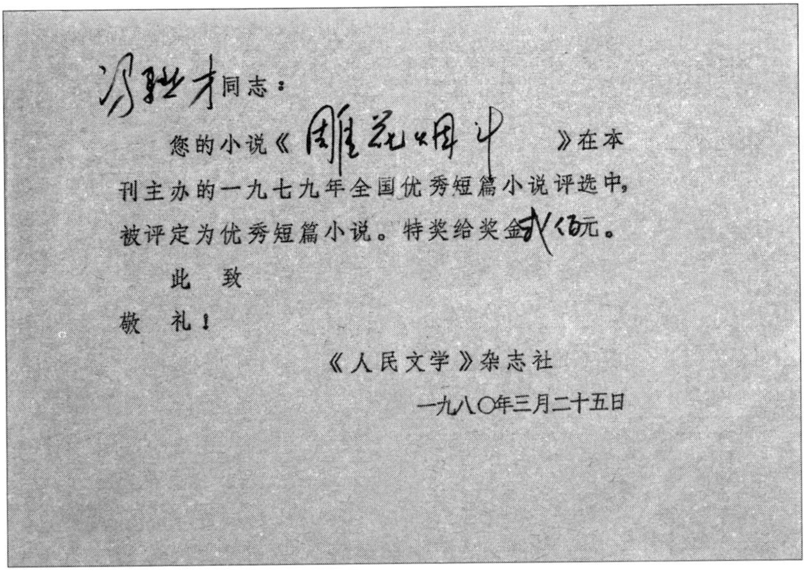

冯骥才同志：

您的小说《雕花烟斗》在本刊主办的一九七九年全国优秀短篇小说评选中，被评定为优秀短篇小说。特奖给奖金贰佰元。

此　致

敬　礼！

《人民文学》杂志社

一九八〇年三月二十五日

＊《雕花烟斗》获奖的通知单，当时一切都极简陋

一位医生曾对我说过，如果你感觉不到内脏在你身体里存在，就说明你内脏没有毛病。如果你总感觉它在哪儿了，多半有毛病了。这话通俗有理。

有一天，还发生了一个叫人高兴的意外。那是个黄昏，我和妻子在海边散步，脚踩着软软的沙子，听着潮声；海边只有不多的人在游泳玩耍。忽然听人喊我——大冯！冯骥才！大冯！喊声有男有女，几个穿泳衣的人笑嘻嘻地跑过来。我首先认出蒋子龙。跑过来的都是男的，女的都还远远站在海边。那时社会还不开放，女士穿泳衣有些害羞吧。在那几个女子中，我认出叶文玲，早在前年南方战时我在云南前线与她相识，她给我热情又朴实的印象。还有一个女子，挺苗条，穿一件带红点的花泳衣侧身站着，子龙告诉我她是张抗抗。我的第一部中篇《铺花的歧路》和她第一部短篇《爱的呼唤》发表在同一期《收获》上，但我没见过她。之前文代会期间她给我打了一个电话，说话很冲，口齿特别清楚，每个字都像是刻意说出来的，我们聊了一会儿，她忽然说："你和我们年轻人还挺说得来。"我在电话里开玩笑说："怎么，你认为我是老前辈吗？"怎么今天

＊ 患病时，好友张洁、谌容来津看望

她站在那里不过来？只朝我点点头，是因为她穿着泳衣吗？

我一问子龙，才知他们是当时中国作家协会讲习所第五期的学员。子龙是“班长”。成员全是崭露头角、有才气的青年作家，都是凭着颇具锐气的力作在文坛一炮打响。其中不少作家我都相识：刘亚洲、竹林、叶辛、陈国凯、贾大山、陈世旭、韩石山、高尔品等等。子龙知我来养病，晚饭后和讲习所几个成员来看我。其中一个很年轻的穿着长裙子的姑娘，文气，安静，目光明亮，一经介绍才知道是王安忆，并且是我很喜欢的作家茹志鹃的女儿。她凭着《雨，沙沙沙》一露面，那种先天的文学气质，就叫人眼前一亮。记得那天她让我给她“提提意见”。我笑了，说：“将来你的影响肯定愈来愈大，你可得叫媒体和评论界欠着你呵。”她想一想，明白了我的意思，也笑了。那时她二十多岁吧，到了今天，安忆已是一位当代公认却始终低调的大家。

随后，子龙约我和妻子到他们驻地去，晚间他们要在一起联欢。我们应邀去了。在一间挺大的房间里，亮着许多灯，大家相互“强迫”上台表演。记得张抗抗很投入地朗诵普希金的长诗《渔夫和金鱼的

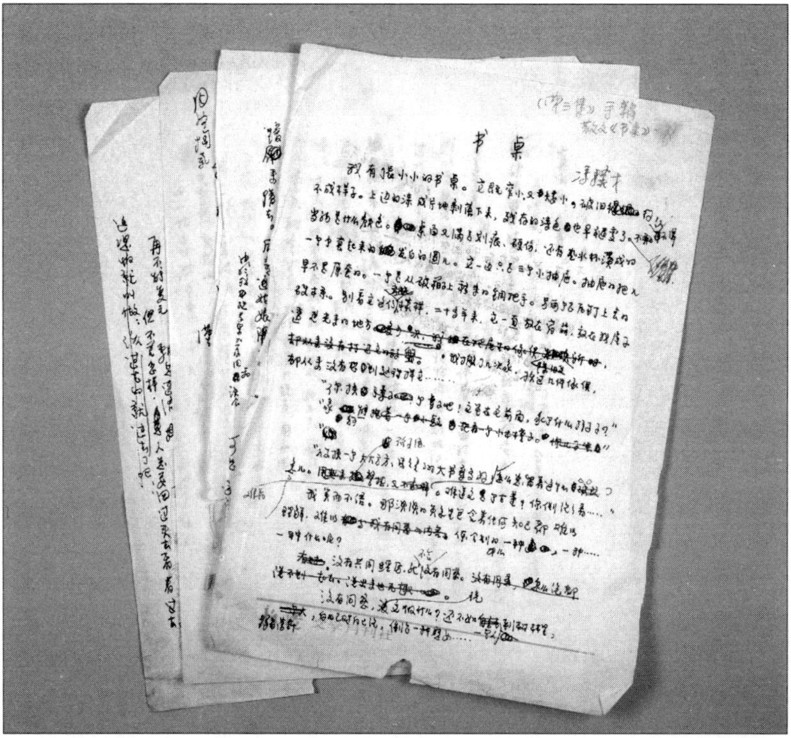

＊ 病中写的一些小说散文如《书桌》《老夫老妻》《意大利小提琴》《逛娘娘宫》，都不自觉地带着一些人生况味

故事》，然后子龙上来唱了一段京剧，黑头，大嗓门，唱得豪气满怀。大家又逼着叶文玲表演，叶文玲自己不敢唱，非拉着子龙合唱，大家叫他们唱《夫妻双双把家还》。两人都不擅唱，自然唱不到点儿，还接不上词儿，笑得大家前仰后合，然后是舞会。这个意外又欢快的“遭遇”，一下子把我拉回到久违的文学——文坛中。我真恨不得快快好起来。

北戴河之行使我相信“精神转移”对我的病治疗有效。我的一位好友医师张大宁对我说，你何不试一试中医的腹部按摩？他把我介绍给中医院一位姓胡的按摩室主任。经胡主任一治，才知道腹部按摩的妙处，他的手并不接触我的腹部，而是放在距离腹部十公分左右的地方一动不动，叫我用意念感受他的手掌发出的气与力。我真的渐渐地感觉到很热，很舒服，有一种穿透力，并且明显地感到病魔在一点点离开我，人也渐渐地从那个痛苦的深洞里一点点探出头来，看到光亮。

我想重新拿起笔来，但是开始时也不敢，我怕病魔重又回过身。我甚至有点怕撂在桌上的那支被我冷落了太久的钢笔。当年秋天，吴泰昌带一个朋友从北京跑过来看我。泰昌人单纯，文学的情怀很深，眼光很好，和我投缘。他来了我自然高兴。他说话总是连喊带叫，说到激动时，还喜欢不断地跺脚。那天他把我家养了多年的心爱的大黄猫给吓跑了，从此无影无踪，让我儿子多次伤心落泪。然而他那次给我带来一个“转机”，他说李小林叫他来看望我，并问我能不能给《收获》写一篇散文。小林是我敬重的朋友，她的约稿我不能拒绝。吴泰昌对我叫着说：“我看你肯定行，你已经完全好了，你不写东西活着还有什么价值？对不对？”

他这句话让我拿起了笔，写了散文《书桌》。我从自己书桌的命运里写了自己人生的变迁。一动笔心中便溢满一种伤感美，没想到搁笔半年多了，竟还写得这样投入，这样顺畅，这样有感觉。可能这次大病一场，使我不觉增添了很多人生的感悟；这是一种从心里流出的散文，至今还是我“自我欣赏”的一篇散文。从此，我便自然而然地回到了写作中。更重要的是从写作这篇散文开始我的文学观悄悄发生了变化，并从不自觉到自觉的变化——这也是后话了。

而且，我开始敢于一个人独自待在家里了，这便解放了妻子。半年多来，我把她和我被病的困扰长时间一刻不放松地捆在一起，真够残酷的。随后便是敢于自己走出家门参加一些活动，在公众场合说些话。当然，有时还会感觉不适，甚至会有要“发病”的心理威胁。

比如 1981 年我的中篇小说《啊！》获全国第一届中篇小说奖，发奖会在北京的京西宾馆。中国作协叫我代表获奖作家讲话，我便紧张起来，担心上台讲到一半时犯病，可是我又不好拒绝。会前，我早早到了会场，人还不多，我在会场外的门厅便开始感觉心跳起来，而且愈跳愈厉害，我束手无策。这时一个穿军装的很柔和的女子走过来，自我介绍她叫陶斯亮。我说我读过你的报告文学，写得很好。她告诉我她是军医，我说我现在心跳得厉害，有没有办法制止？她问了我的病情便说：“你这种毛病怎么好上台呢？”她跑去给我弄来一片镇静药，一杯白水，叫我吃下。不多时心跳稳住了，上台讲话居然没犯病，从此让我记住了这位“救命”的解放军陶斯亮。

就这样，我返回写作和文坛。当然，至少两三年间我口袋里总带一小瓶镇静药，烟却始终没有抽。

然而，当我重新回到写作时，文学已非昨日，这是我下边要说的。

二、下一步踏向何处？

自从 1980 年秋天写过《书桌》，我便回到书桌前开始动笔写作了。“书桌”二字对于我，是一种职业的意味还是一种什么暗示？反正，它已是我一生安放灵魂的地方。它比绘画重要得多。尽管我天性里很多东西更适于绘画，但命运迫使我操起写作。所以当时我写过一篇文章，题目叫作《命运的驱使》，刊载在 1981 年 3 月的《文艺报》上。

刚刚恢复写作时，不敢写大的东西，我怕把病魔招回来。我天天都很早起来到街上长跑。当我一拿起笔就不能自已了，我需要身体的强大。因为我被病魔囚禁了半年多，而且是在写作高潮时被病魔一脚踩在下边，心里压抑了太强烈的写作欲望。现在检查一下我八十年代初的写作目录，可以看到从这年 2 月到 10 月是空的，没有任何写作记录，完全空白，我好像白活了。可是到 1981 年我一连写了十多个短篇，还有许多散文、随笔和游记，包括《挑山工》都是在这一年写的，而且很快就开始写中篇了。

八十年代前期——新时期文学初期，是中篇小说的天下。最有影响的作家都是凭着一两部中篇震动文坛的。比如从维熙《大墙下的红玉兰》、谌容《人到中年》、叶蔚林《在没有航标的河流上》、张一弓《犯人李铜钟的故事》、鲁彦周《天云山传奇》、张贤亮《绿化树》等等。我这时期主要的中篇是《铺花的歧路》和《啊！》。这因为我们这代作家心里的东西分量太重，短篇的篇幅有限放不下；而长篇的写作还需要沉淀，需要更长的时间。那时作家们都渴望将威力十足的手榴弹尽快地扔进文坛，中篇便走红一时，各地的大型期刊则应时蜂拥而起，如《十月》《当代》《钟山》《花城》《小说家》《百花洲》《雨花》《莽原》《芙蓉》等等，而且愈办愈多，福州还办起了《中篇小说选刊》。那时，各个期刊都来约稿，争着要有分量的中篇打头炮（头条），作家们的压力可就更大了。

到 1981 年，文学悄悄发生了变化。

冯骥才
高女人和她的矮丈夫
GAONUREN HE TADE AIZHANGFU

冯骥才
中短篇小说集
中国青年出版社

* 这一阶段写的书

一是中国社会搭上了改革的快车，生活天天在变，到处闪闪发光，从来没有过的新事物接连不断地往外冒。比如引进外资、开发区、个体户、商品粮等等。这些蜂拥而来、闻所未闻却根本地改变生活的事物自然叫作家们关注与思考。中国的伤痕文学与德国二战废墟文学不同，作家还没有能够在原地站稳，新生活的车就发动起来，并且加速，急转弯。虽然当时已不再提“文艺为政治服务”，改称“文艺为人民服务”，但官方希望文学为改革助力，应时的改革文学便很快成为强势的主流。评论界也一拥而上为改革文学推波助澜，伤痕文学便自然而然地被边缘化，来不及深化就走向了萎缩。严格地说，从《班主任》和《伤痕》算起，短命的伤痕文学只有三年左右的生命期。然而，伤痕文学无疑是中国当代文学绝无仅有的一次批判现实主义运动。本来由此不断深究社会与历史，可以产生具有深刻思想与文学价值的大作品，但是这条当代文学十分重要的脉络断了。作家们并不甘心，故而此后又有“反思文学”概念的出现。

还有一个变化是，作家们开始对前一段红极一时的“问题小说”进行反思。这是一种文学自身的反思。

＊ 这一阶段写的书

在那个极特殊的时代，作家的社会位置十分独特。他们自觉地站立在生活的前沿，社会思想的前沿；自许为社会进步的排头兵，冲击着十年“文革”森严的精神壁垒。作家采用的方式是把这种政治化的社会问题——往往是尖锐的积重难返又十分敏感的问题提出来，同时勇敢地做出回答。伴随这一方式的，是一连串突破写作的“禁区”，比如突破写悲剧的禁区，写爱情的禁区，写知识分子的禁区，写领导是反面人物的禁区，写人性的禁区乃至写性的禁区等等。写作禁区实际是思想禁区，不打破这些僵死的精神禁锢，改革开放的大门怎么打开？一时，每一篇切中时弊、突破禁区的“问题小说”的问世，都会引来一阵轰动的社会反响。然而，随着禁区一个个被爆破后，这种概念化、问答化、图解式的问题小说的诟病也就显现出来。

对文学本身——文学的性质、功能、价值，审美的思考，已经在很多作家脑袋里转悠起来。

对我本人来说，由于曾经所受欧洲文学与艺术中人文主义的影响很深，大病中对个体生命与人生又有了深切的感悟，很自然就进

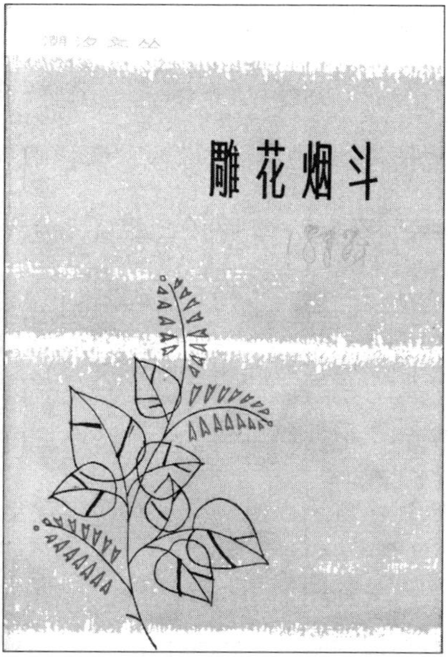

＊ 这一阶段写的书

入了这种文学的反省。

1981 年初与人民文学出版社社长、作家严文井先生通信时，我便把这些思考告诉他，希望听到他的意见。我说："近来，我想要试着走另一条路子，即从人生入手。""我们这代人写东西大多是从社会问题入手。这是大量堆积如山的社会问题逼着我们提出来的，我们渴望这些问题得到解决，我们是急渴渴、充满激情来写这些问题的。但这样子写下去，势必道路愈来愈窄，直到每写一篇作品都要强使自己提出一个具有普遍意义的、深刻的、敏感的社会问题来。此种写法的倡兴，致使文学出现了一种新的主题先行和概念化的倾向。最近我们这些青年作者对此都有所发觉，并开始探索各自的文学道路。"

这期间我已经写的一些小说，如《老夫老妻》《三十七度正常》《酒的魔力》《逛娘娘宫》等等，以各式各样的方式试图离开"问题小说"。我对严文井先生所说的"我们这些青年作者"是指当时我们这些活跃的青年作家。每当我们聚在一起时，最热衷讨论的就是这个话题。我们渴望从昨天使我们狂热、今天却使我们感到束缚与困扰的文学方式里挣脱出来。

一次与刘心武商量，将就这个话题用书信方式进行公开讨论，以期更多作家参与进来。我写信告诉他，我的信题目叫作《下一步踏向何处》。他很高兴。我现在还保存着他给我的一封信，这封信他自称采用的是“意识流”写法，饶有情致地将他“近期”的一些思考用散文笔法一连写了十四节，还自画了插图。他在第十节写道：

我多么盼望能早些读到《下一步踏向何处》啊！下一步究竟踏向何处呢？我想到了朗费罗的诗——

我们命定的目标和道路，
不是享乐，也不是受苦，
而是行动，在每个明天，
都要比今天前进一步！
那么，让我们起来干吧，
对命运拿出英雄的气概，
不断进取，不断追求，

要学会劳动，学会等待。

那时的我们真是年轻、单纯又真诚呵。

很快，我就把《下一步踏向何处》写出来，寄给心武。我在这篇书信体的文章中写道：

心武：

你好！年前你两次来津，我们都得机会长谈。回想起来，谈来谈去始终没离开一个中心，即往下怎么写？似乎这个问题正在纠缠我们。实际上也纠缠着我们同辈的作家们。你一定比我更了解咱们这辈作家的状况。这两天蒋子龙来信问我："你打算沿着《歧路》(《铺花的歧路》)走下去，还是依照高尔基《在人间》的路子走下去？"看来，同一个问题也在麻烦这位素来胸有成竹的老兄了。本来，文学的道路，有如穿过莽原奔赴遥远的目标，不会一条道儿，一口气走到头。但我们这辈作家为什么几乎同时碰到这个难题呢？看来这是个共同性的问题。

· 谢大光 ·

阁楼里的作家

* 散文家谢大光这篇文章是对我当时生活最真实的写照，漫画插图是我自己画的

这些天，我产生许多想法，虽然纷乱得很，也不成熟，但很想拿出来在你那里换得一些高明的见解。

我们这辈作家（即所谓“在粉碎‘四人帮’后冒出来的”一批），大都是以写“社会问题”起家的。那时，并非我们硬要写“社会问题”，而是十年动乱里堆积如山的社会问题迫使任何一个有良心、有责任感、有激情的作家不能不写；不是哪儿来的什么风把我们吹起来的，而是社会迅猛的潮流、历史的伟大转折、新时代紧急的号角，把我们卷进来，推出来，呼唤着我们挺身而起。我们写，一边潸潸泪下，义愤昂昂，热血在全身奔流，勇气填满胸膛。由于我们敢于扭断“四人帮”法西斯精神统治的锁链，敢于喊出人民心底真实的声音，敢于正视现实；而与多年来某些被视为“正统”、实则荒谬的观念相悖。哪怕我们写得还肤浅、粗糙，存在各种各样明显的缺陷，每一篇作品刊出，即收到雪片一般飞来的、热情洋溢的读者来信。作者与读者互相用文字打动和感动着，这是多年文坛不曾有过的现象。

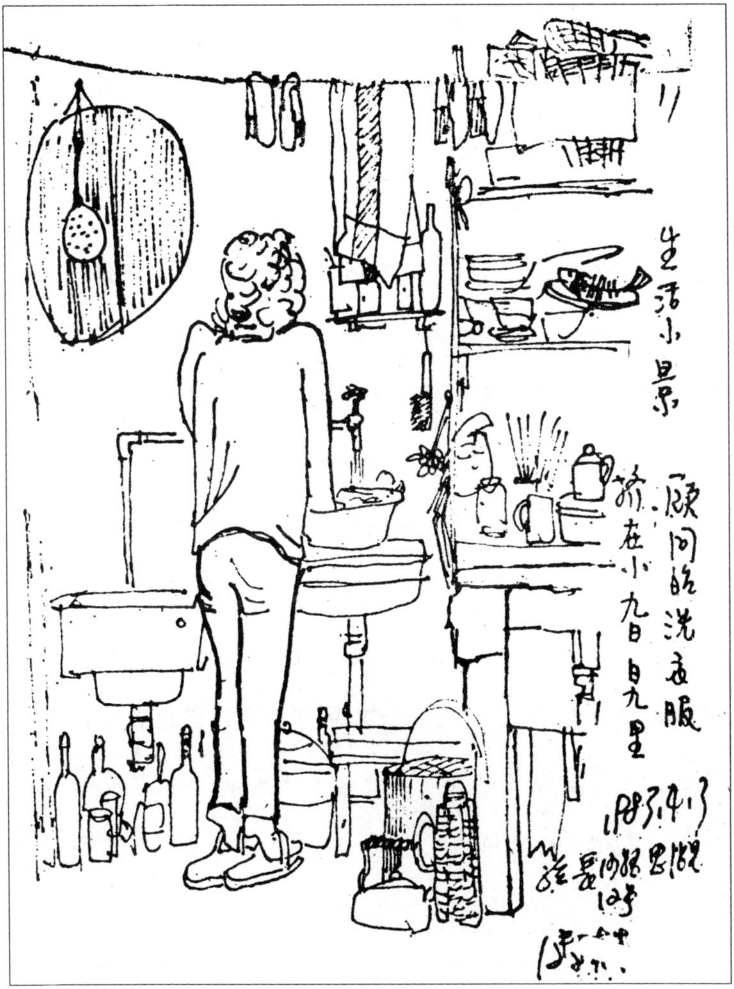

* 散文家谢大光这篇文章是对我当时生活最真实的写照，漫画插图是我自己画的

可是，我们必须看到这些作品存在的问题。尤其是短篇小说，常常把“社会问题”作为中心，难免就把人物作为分解和设置这些问题中各种抽象的互相矛盾因素的化身。作者的着眼点，经常是在各处矛盾冲突之后（即在小说的结尾部分），发表总结式或答案式的议论。即使这些议论颇有见地，但小说缺乏形象性，构思容易出现模式化和雷同化，并潜藏着一种新的概念化倾向。往往由于作者说了真话，对于多年听惯和厌烦了假话的读者来说，这些议论很有打动人心、引起人共鸣的力量。作品获得的强烈的社会反响会暂时把作品的缺陷掩盖起来，时间一久，缺陷就显露出来。这样下去，路子必然愈走愈窄。由于作者的目光只聚焦在“社会问题”上，势必会产生你上次谈话时所说的那种情况，“在每一篇新作品上，强迫自己提出一个新的、具有普遍性和重大社会意义的问题”，这样就会愈写愈吃力、愈勉强、愈强己之所难，甚至一直写到腹内空空，感到枯竭。

当然，多年来非正常的政治生活造成的、有待解决的社会问题，成堆摆在眼前，成为生活前进的障碍。作家的笔锋是不应回避的。而且，自从19世纪中叶以后，政治对社会生活的影响愈来愈直接，政局的变动，往往牵涉千万人的生活乃至生存。它迫使人们愈来愈关注它，这是地球上的事实。我一直不大相信“远离政治”或“避开政治论”卵翼下的作品才是有生命力的。中世纪田园诗和牧歌式的小说是那个历史时代的必然产物。我相信，20世纪后期的世界性的杰作，差不多都离不开政治，而且包含着不少作家对政治的独到认识和见解，纵横穿插着不少社会问题。关键是作家在观察、体验、剖析、表现生活时从哪里着眼？是先从“社会问题”着眼，还是先从这些问题的政治因素着眼？

我以为，一个作家观察生活和动笔写作时，都要站在一定的高度上。我把这个高度分解为六个部分——历史的，时代的，社会的，人生的，哲学的，艺术的。其中“人生的”和“艺术的”两方面，一直不被我们所重视。

随后，我便发表了我所强调的关于“写人生”个人的思考。

这篇文章发表在 1981 年第 3 期《人民文学》上。

心武很快写了“回信”,题目是《写在水仙花旁》。他同意我“写人生”的观点，也阐述了他自己的意见。一时，我们的讨论在文坛引起了热议。连路遥的长篇也直接以“人生”为题。

然而，真的一脚迈出去，却不知踏向何方。

我们这一代人最深切的人生是在“文革”里。作为普通人，我们是不幸的受难者；对于作家来说，我们却是“幸运儿”。因为，历史很难出现这样一个时机，叫我看到了社会和生活的底色，还有人的多面与背面，人性和国民性也都在眼前赤裸裸暴露无遗。我说的人性和国民性也不只是负面，还有正面。但是它怎样进入文学，并创造出独特的形象与独特文本？我面对着一个巨大的挑战。我以前没有思考过这样的问题。我被自我的反省，自己的思考，推到一个举步维艰的境地。我开始怀疑我写作前的“准备”不足，怀疑自己的创造力和发现力。

＊ 儿子念书的地方，只有一个桌角，也是一家人吃饭的地方

我有过一个奢望和野心，想像巴尔扎克的《人间喜剧》那样，用一系列的长篇、中篇和短篇组成一个宏大的“文学构成”，我自称为“非常时代”。我想以此囊括并表现我所亲历的时代与社会生活。我想以自己十年中大量的“秘密写作”为依靠，展开我的文学世界。为此我写过一篇《我写“非常时代”的设想》，阐述了上述这个宏大设想的思想宗旨。我一直认为文学对时代对生活有历史性的记录功能，当然作家是用独特的个性形象、人物命运和场景来记录生活和记录历史的。作家与史学家的工作不同，史学家依据客观史实材料与文献记录历史事件的本身，作家们却要凭仗着他们创造的人物的命运与心灵来记录过往时代的真实。彼此不能替代，各自使命都不能回避。如果我们不记录，不写，后代根本无法真正认知这个“匪夷所思”的时代。

其实，我这个想法在当年冒死的秘密写作时就有了。可是这个计划难以实现。因为，我们的生活是在完全封闭的状态里突然开放的。一旦放开，它变化得太快、太缤纷、太多的冲击与意外。我无法使自己安静地待在这个心中认定的文学原点上。

* 1982年中国作家代表团（三人）访问英国，中间是散文家吴伯箫，此处为牛津大学

更何况还有一个个文学思潮席卷而来，这在下边另一章里要详细展开的。

从1981年到1983年，时代在变，我的文学在变，但我的生活没有变。仍住在长沙路思治里12号那个小阁楼上。换句话说，我的文学灵感和我不时仍在对自己心脏隐隐的担忧以及小阁楼上烟熏火燎的生活混合在一起。我说烟熏火燎是指我家没有厨房，做饭要在楼梯拐角处。饭锅和炒菜里的气味和浓烟全要灌进我的小屋里。随着屋内的书稿愈来愈多，房间中央的空处只够儿子晚间支开那张小小的行军床。夜间屋里就再没有可以走动的地方。散文家谢大光写了一篇文章《阁楼里的作家》，还让我配了一张漫画式自嘲的插图，发表在上海的《文汇月刊》。那时《文汇月刊》影响很大。我住房的拮据加上疾病的困扰便成了当时知识分子生存状况的一个标志性的写照。据说还被给报社记者写成“内参”上报给中央的领导部门，目的是促进“落实知识分子政策”。那时市场经济还没有到来，住房没有买卖，全部由单位分配，“文革”期间住房标准是每人1.5

* 在伦敦大学演讲

平米。当时单位也拿不出多余的房子给作家解决住房问题，尤其在唐山大地震之后，很多震后无房的人还住在街头的临建棚里。“文革”十年使国家和老百姓穷到底了。我最大的困难还不是房间小，而是我住的房子是地震后草草搭起来的简易房。屋顶只有一层薄薄的土板子，上边铺一层油毡，里边吊一层苇帘，抹上白灰。这样的屋顶冬不御寒，夏不隔热。伏天里，白天晒上一天，夜间如在蒸笼里。这便逼得我一边向上级部门作揖磕头申请分配住房，一边向出版社、杂志社张口要“价”——如果想得到我的稿子，就给我在旅店里租一间房，我到那里去写。这样，我一家三口就可以搬到旅店住，我写稿，妻儿也舒服多了，还可以洗澡。当时这种“改善写作和居住条件”的妙招普遍被名作家们使用着，这便招来一个“宾馆作家”的批评词语。我的两三部中篇小说和一部电影剧本都是在旅店里写的。如果夏天在家中写作，便是我在散文《苦夏》里所写的感受：“夏天于我，不只是无尽头的暑热的折磨，更是我顶着毒日头默默又坚忍地苦斗的本身。年年夏日，我都会再一次体验夏的意义。一手撑着滚烫的酷暑，一手写下许多文字来。”

然而在生活上我不是弱者。长期的艰辛使我不惧怕困难，习惯于苦中作乐。让生气盈盈快乐的生命小草从生活粗硬的乱石阵中钻出绿芽。一个破皮球也能让我和儿子兴致勃勃玩上好一阵子，一块颜色雅致的花布也能让妻子缝制成一个小短衫美上几天。那时的稿费很低，一篇散文不过十几块钱。《雕花烟斗》获全国优秀小说奖，奖金只有二百元。但我写得多，吃喝不愁了，还敢在有肉片有鸡腿的餐桌上神气十足地加上一瓶“海河”啤酒或“山海关”汽水。那时生活变化很快，称得上日新月异，比如一个煤球炉高矮的小冰箱和一台日本三洋牌的盒式录音机弄到家中，生活就立即变得神奇美妙了。到了 1981 年底我和妻子狠下心花钱买下一台十三寸的彩电，那可真称得上“提前进入了共产主义”了。

由于在文学上比较冒尖，一些不曾想过的事会先找到我身上。

1981 年初接到中国作协通知，去英国访问。一团三人，团长是吴伯箫先生，团员是我，还有一位年轻的女翻译何滨。这真是一个连想都不敢想的事突然降临头上。我那时对英国的印象仅仅是从几部英国古典小说里得到的，脑袋最先反映出来是“雾都”，其他所知寥寥。作协从社科院外文所请来一位专家给吴老和我恶补几天英美文学，又讲了种种“不准”的“外事纪律”。然后去出国人员服务部定制了一套西装，向父亲求教怎样系领带，然后就在一个借来的帆布箱子里装了些应用的衣物上了飞机。在长达十多个小时的航程中根本没合上眼睡觉。那时飞行的感受是没完没了地飞，好像要上月球，飞机一着陆，全体乘客一起鼓掌，庆幸安全到达——这种世界性的“习俗”现在已经没有了。到了英国，从议会大厦前泰晤士河上那座威斯敏斯特桥一入城区时，满眼古典的建筑，街上跑着红色的双层公交车，所有人都是金发碧眼，而且这时的伦敦早已不是雾都，景象清晰如画，我完全懵了，完全像到了另一个星球上。

当晚第一件事就叫我无地自容。英中文化协会举办的欢迎晚会是“黑礼服晚会”——过去不曾听说过——男士必须着装黑色西装，当时我国规定出国只能定制一套西装，而我定制的是灰色西装，我无法叫西装改变颜色，因而晚会时满屋的黑西装，只我一人身穿灰衣，我因“不尊重人家的习俗”而频遭冷眼。

这次出访毕竟叫我大开眼界，一切都是意外：参加布克奖文学

＊ 访英随笔集《雾里看伦敦》 1982年 百花文艺出版社

奖颁奖，看了英国皇家莎士比亚剧团的《罗密欧与朱丽叶》和伦敦芭蕾舞团的《睡美人》，还观看了英超足球，参观大英博物馆，在诺维奇亲历一次大学的文学课，还与后来获诺贝尔文学奖、《蝇王》的作者威廉·戈尔丁在一间怪房子里聊天。这些都叫我写进一本小书《雾里看伦敦》中。我庆幸自己第一次出国就到一个典型的西方国家中。使我最有兴趣的还是他们对自己传统的敬畏。这种兴趣中还有些惊讶，因为在十年中我们的传统和历史事物是被扫荡被践踏的对象，哪有这样尊贵的地位？记得国际笔会的秘书长艾伊斯托布问我对英国的印象如何。我笑道："天上的变化很大，地上的变化很小。"回国后我写过一篇散文叫作《在旧梦中甜睡》，表达我这种好奇与欣赏。在伦敦一个艺术家俱乐部门前挂了一个牌子，上面写着"妇女不能入内"。我很诧异，问过方知，这原来是十九世纪的一块牌子，自从"妇女解放"运动后早已不成问题。现在还挂着这块牌子，是为了表述这里一段荒诞的历史——对妇女的轻视。这个牌子不正是为了彰显社会文明的进程吗？我想，如果我第一次去的是美国，最初的西方印象一定是另一样了。而在英国这个印象成了我后来西行各国时一个特别关注的视角，并因此影响我的文化观与遗产观。

还有一个细节。出于长期的冷战思维，西方人特别关心中国作家的独立思考与独立立场，这是我们在很多地方交流和谈话中，他们都会忍不住要问的问题。有一次在剑桥大学与他们的东方学者交流，他们大约很久没见到来自中国的作家了，问题提得踊跃又直率，甚至问我怕不怕写错了被抓起来。这时，我忽然发现吴伯箫先生闭上眼，好像睡了。我想连日来的奔波，他年纪大，肯定是疲倦了。我便接过话题来与对方交谈。那天从剑桥回到伦敦的酒店后，吴老叫我到他的房间，他忽然问我："刚刚在剑桥座谈时，你是不是以为我睡觉了？"我一怔，心想他闭着眼，怎么会知道我注意他了？我说："您岁数大了，路上辛苦，您太疲劳了。"吴老摇摇头，正色对我说："我根本没有睡，他们提的问题是在挑衅，怎么答？只能不理。"他沉一下又说，"你还年轻，你要懂得外事不是小事，是大事，不出错就是胜利。"

老实说，那时我对吴老不大了解。我上学时念过他著名的散文

《记一辆纺车》，仅此而已。后来我画画，所读的文学都是古典文学与西方名著，对中国文学看得很少。不了解他在革命文艺史上有较高的地位，更不知道他在“文革”遭到迫害，被开除党籍。但我很理解，他的话出于老一代对我的爱护。他经历过许多政治运动，深受其苦，自有“安身立命”的经验之道。由此我知道为什么在新时期文学中，这一批老革命作家反而缺席了，他们获得平反后反倒停笔了。

他们背负的历史太重，或者他们被过去思想的惯性束缚着，时代已经换了一匹飞马，但他们跨不上去了。

三、四只小风筝

自 1981 年我开始进行各种样式“写人生”小说的试验，大多是短篇，不仅题材不同，形式手法也多样，散文化，寓言式，象征性都有。可以看出那一年我力图走出“问题小说”所做的努力，兴致勃勃和四方摸索的写作心态。虽然，这期间有些小说如《老夫老妻》《在早春的日子里》《逛娘娘宫》等我至今依旧喜欢，甚至视作自己的文学精品。但在当时却没有受到文坛的关注，因为文坛推崇的是改革文学。评论家和读者最关注的也是紧贴现实的作品。

其实，在我最初的作品中，最具“问题小说”特征的是《铺花的歧路》，但这篇小说也与众不同。在《铺花的歧路》中，我不像当时的伤痕小说，将造反的红卫兵作为“反面人物”来写。我是从一个女红卫兵在运动初期的狂热中意外地“伤人致死”给她内心留下抹不掉的阴影，来写那一代陷入迷途的年轻人良知苏醒时难以挣脱的痛苦。此后我最主要的两部伤痕小说《啊！》和《雕花烟斗》已经不属于“问题小说”了。《啊！》实际上是一部心理恐怖小说。《雕花烟斗》所表现的则是我的唯美主义和所崇尚的人性。虽然这样的小说在伤痕文学时期还会拥有一席之地，甚至还获了奖，但到了改革文学的天下就要坐冷板凳了。文学有个现象很奇怪，如果一部作品在问世时被漠视了，过后便很难再翻身。因为很少有人从“文学史”之外去找作品看。即使找出一部好作品，也很难再进入文学史。历史是自然形成的，更是在现实中形成的。很少有人能从历史“脱颖而出”，文学亦然。

随着中国作协的恢复，准官方的作协在文坛上的权威渐渐显示出来。依照它的职责，必然要高举改革文学的大旗。

可是文学因个人而存在。每个人都有自己的文学理想和审美追求。那么我们怎样做才能使文学真正回到文学中。还有什么禁锢吗？或者禁锢着文学的本身吗？

1982 年春天，我和李陀忽然谈到一个共同的话题：在所有禁

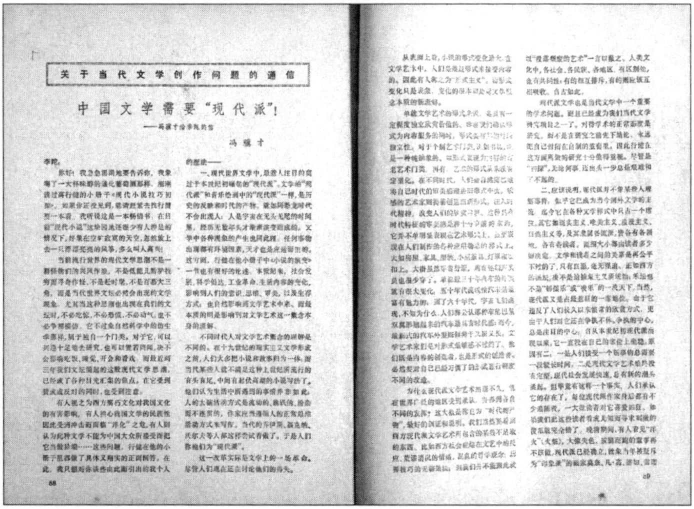

关于当代文学创作问题的通信

中国文学需要"现代派"!

——冯骥才给李陀的信

冯骥才

*1982年8月发表在《上海文学》上的文章《中国文学需要『现代派』！》

区都被冲决了之后，还有一个禁区需要去突破，就是形式的禁区。我们的文学被已经僵化了的“现实主义”死死捆着——或者说我们只有一种文学形式。那么，对解放形式的觉悟变得最具革命性了。但这个革命从哪里开始？当时正好高行健那本介绍西方现代文学的小册子《现代小说技巧初探》刚刚出版，引起作家特别是青年作家极大兴趣。我们决定从高行健这本小书为引子，“挑”起一场关于文学形式的讨论。

记得那天在天安门附近一个什么地方开会，我因事中途离会要返津。李陀送我出来，一路上热烈地讨论着我们将要干的事情。我俩走到人民英雄纪念碑附近，那是个早春，乍暖还寒，寒流回潮，广场上风大奇冷，冻得李陀面目狰狞，好像皮肤说裂就裂。他那时是一个爱激动的“热血青年”。他一边喝着很猛的冷风一边朝我喊着：“大冯，咱就干吧！”

说实话，现代主义在当时是没人敢挑起来的话题，它一直被教条主义者视为资本主义的意识形态。我们的举动将是一个具有叛逆精神的举动，估计会引起作协领导们的不满乃至恼火。然而，我们也没想到这个举动后来会给当代文学带来天地一新、重大又深远的冲击和影响。当时真没有想得太远，只想给文学找到一条出路，让文学回到文学中来。

按照我们的约定，我们采用通信的方式，即比较自由的书信体文章。次序是先由我发炮，接下来李陀进行思辨性探讨——他喜欢担任这种理论评判的角色，然后再由心武发表看法。我们不求见解一致，但目标一致——冲开僵化的形式束缚和传统现实主义的一统天下。在当时的文坛上，我们三人联手在如此敏感的问题上来发难，会是一枚枚重磅炸弹吧。

寒风中，李陀那热情昂奋的样子激发了我，返津后我把背包一放，趴在桌上不多几天就把这文章写出来。现在看来，文章写得冲动、直白、冒失，甚至还有不少浅陋幼稚的地方，但是真诚、迫切、纯粹，就像"五四"时期那些标语口号式的版画，连我文章的题目《中国文学需要"现代派"！》都像一个口号，直接叫喊出我们的声音。我开头就说："李陀，我急急渴渴地要告诉你，我像喝了一大杯味醇的通化葡萄酒那样，刚刚读过高行健的小册子《现代小说技巧初探》……在目前‘现代小说’这块园地还很少有人涉足的情况下，好像在空旷寂寞的天空，忽然有人放上去一只漂漂亮亮的风筝。”

就是这句话，使得后来人们把高行健和我、李陀、刘心武称之为“四只小风筝”，甚至当作这场关于现代派文学之争的代名词。

在这篇文章中，我过于直露地充当了现代派文学辩护士的角色。我说：

当前流行世界的现代文学思潮不是一群怪物们的兴风作浪，不是低能儿黔驴技穷而寻奇作怪，不是赶时髦，不是百慕大三角，而是当代世界文坛必然会出现的文学现象。尤其当这种思潮也出现在我们的文坛时，不必吃惊，不必恐慌，不必动气，也不必争相模仿。它不过像自然科学中的仿生学那样，属于独自一个门类。对于它，可以兴趣十足地去研究，也可以置若罔闻，决不会影响吃饭、睡觉、开会和看戏。而最近我们文坛涌起的这股现代文学思潮，已经成了各种目光汇集的焦点。在它受到赞成或反对的同时，也受到注意。

* 那时两位关系甚密的文友——邓友梅与李陀

有人视之为西方腐朽文化对我国文化的有害影响，有人担心我国文学的民族性因此受到冲击而面临“洋化”之危，有人则认为此种文学不能为中国大众所接受而把它当作异端……

这实际是文学上的一次革命。尽管人们一定会讨论此中的得失。

从表面上看，小说的形式变化很大。在文学艺术中，人们是通过形式来接受内容的，因此有人称之为“形式主义”。而形式变化只是表象，变化的根本却是文学概念本质的新理解。

在结束“四人帮”统治、走向社会主义现代化的伟大历史转折中，政治清明带来了人们思想上空前活跃。有人称这是中国近代史“第三次思想解放运动”。此话十分有理。这是一次非人为的运动，唯其如此，才具有真正的生动性。群众的思想如同江海翻腾，形成社会前进的巨大能源。这一运动，直接而有力地影响了文学。题材内容的广泛深刻的开掘，必然使作家感觉到原有的形式带来某种束缚。新一代读者有自己的思想特征、兴趣特征和爱好特征。再加上生活面貌、节奏和方式的变化，审美感的改变，经济对外开放政策引起人们对外部世界的兴趣和好奇等，都促使文学的变化，新潮的出现。至于我们的作家吸收国外现代文学的某些新手法毫不足怪，在三十年代鲁迅先生早给我们做过范例，这不过又是一次历史的必然呢！

我们需要“现代派”，是指社会和时代的需要，即当代社会的需要。所谓“现代派”，是指地道的中国的现代派，而不是全盘西化，毫无自己创见的现代派。浅显解释，这个现代派是广义的，即具有革新精神的中国现代文学。

以上是这篇文章的部分段落。

我这些话是不是带着一种“交战”的火气？是不是更像一纸“文学檄文”？

李陀把我的信转给刘心武，心武看过之后写信给我时说：“发表这样一封‘信’大约不至于招来太多的麻烦吧……我觉得我们都是四十岁的人了，在文学上还能冲击几年？与其畏首畏尾战战兢兢地‘守成’，莫如趁锐气未消，冲击冲击，为推进中国文学的发展，多尽几分力气！”

1982 年 8 月，我、李陀、心武的信一并发表在《上海文学》上，随即引起轩然大波。

我在前边说过，在“文革”前我画画，很少读当时的文学作品，对国内文坛的种种人物及其在历次政治运动中的种种纠葛大都不知，更不知原先那个文坛深浅，故而直言无忌。待读了李陀和心武发表出来的信，才感觉到其中蹊跷与奥妙。他们身居京城，比我深谙文坛复杂，决非净土，他们各自的文章都智慧地对我的唐突做了一些校正与弥补。单说他们文章的题目——李陀的《“现代小说”不等于“现代派”》，心武的《需要冷静地思考》。不仅学理上是对的，态度趋向于探讨，还有意遮掩了我的一些锋芒。

但是这样做无论如何都不能让作协领导特别是冯牧接受。在他们看来，这是意识形态问题。我们触及了当时的底线，挑战了权威，犯了大忌。于是作协的权威报刊《文艺报》发了一篇关于现代主义的争论文章，有了一些搞“批判”的兆头，跟着就组织了一个关于现代派与现实主义文学的“研讨会”。地点在西苑饭店三楼。虽说

* 一天一帮朋友忽从北京来我家玩。左起：李陀、李欧梵、我、阿城等

是“研讨”,那天一走进会场却感觉气氛有点不对。冯牧神色严肃,《文艺报》的一些人也有一种“临战”的神情。这次除去“请”来我们几个“小风筝”,还请了王蒙和从维熙。最有力量的恰恰来自从维熙和王蒙。从维熙上来就说:“前些天我从外地回来,就听说大冯他们倒霉了……”一句话把窗户纸捅破,不单叫组织会议的人包括冯牧哭笑不得,也直接表现出从维熙的立场。从维熙向来耿直真率,这次更叫我敬佩。

王蒙使用的是他擅长的幽默机智。他刚要发言,麦克风坏了,不响了。服务员上来说这个麦克风老了,换了一个进口的。王蒙一试有声音了,跟着就说了一句:“还是来点新东西好。”逗得大家都笑了,神会其意,一切明了。

谁都知道,王蒙是当代文学中最先进行实验的作家。他的小说《春之声》《风筝飘带》就已使用意识流手法了。在我访英期间,英国的汉学家就注意到王蒙的意识流小说,并和我就“现代派”的话题做了一番讨论。我当时还在《文学评论》上写过一篇文章《王蒙找到了自己》,谈论过王蒙的现代小说。王蒙自然赞同文学形式上

＊《当代短篇小说43篇》 1985年 四川文艺出版社

的开放与创造。

就这样——会议最后冯牧讲话时，除了强调文学的当代使命与政治属性之外，又说些“百花齐放、百家争鸣”和“改革与创新”之类的话，口气也就和缓得多了。

于是，自这场争辩之后，现代派与现实主义之争便不了了之。

一道挡住文学前进的铜墙铁壁就这样推开了。

那时我去北京，最常去的一个地方是朝外东大桥一座楼的十二层，敲门找李陀。最初，总是与陈建功和郑万隆约好，到李陀家去侃文学。李陀是中心，他对文学的悟性好，有很强的思辨力与雄辩力，视野又宽，再加上他超级自信，因而他总是各种话题的发动者，每侃一次，大家都互有所得。那时我们四人很要好，观点比较接近，渐渐有个“小四人帮”之名。一次，冯牧还专门请我们四人到木樨地他家里吃一顿饭。他想知道我们在文学上的看法。

那时作协的领导还都是文学上的明白人。他们知道作家是怎么回事，也知道上边领导是怎么想的。他们懂得文艺规律。特别是他们自己都是从“文革”的绞肉机里脱身出来的，有社会与文学的良知。因此，我们可以没有太大忌惮地对他们畅所欲言，碰到难题也会求助于他们。冯牧、陈荒煤人都很善良，他们是爱惜作家的，以他们几十年的文坛生涯的痛苦经验最怕我们“惹祸招灾”。在他们眼里，我们太年轻，只凭一己热情，不知文坛的深浅，更不知极“左”思潮还能依仗着一些权势，搞出一些事端。而冯牧他们身在其位，又不能不谋其政，故而往往身处两难之间，对此我们心里很明白。

每当我们知道哪位作家遇到麻烦，比如哪部作品哪篇文章惹了哪个部门哪位领导不满，惹出麻烦来，就去找冯牧。现在还记得他为张洁遇到了麻烦急得皱着眉头在屋里转来转去的样子。

还有一次听说新冒出来的颇具才气的大连作家邓刚——《迷人的海》的作者——生活条件很差，刚好冯牧要出差到大连，我和李陀就赶到冯牧家，请他到了大连帮邓刚说说话。冯牧立刻说：“好好，我帮他说说。”

其实那时我们都不认识邓刚，只看了他的小说。

我与李陀要好并欣赏他的原因，一是他的前卫精神和敏锐的艺术眼光，一是他对文学的责任感。一个人只有真正热爱一样东西，才会去做那些超越自我的事情。为此他渐渐成为一位现代文学的推动者和布道者。他游走各地发表演说，从而吸引各地到北京来办事的一些思想活跃的作家跑到他家高谈阔论。我在他家中结识不少优秀的青年才俊。他每每结识到一位出色的人物，都会兴奋和急不可待地介绍给大家。一次，我到他家，屋里坐着两三个人，一个清瘦男子，脖子很细，戴一副圆眼镜，目光空灵，气质脱俗不凡，原来是阿城。当时他的《棋王》已然惊动文坛。此人如其文，有点神异。李陀说："我们正听他讲云南马帮'溜索'的事呢，神极了，阿城，你讲给大冯听听！"李陀兴致极浓地说。

阿城不好意思讲，被逼不过，便讲了。他讲到，驮着货物的马被绑在架在山谷中间的绳索上，一下子"溜"过去时，吓得屎尿翻飞的情景。阿城讲得活灵活现，笑得大家前仰后合，快乐之极。

后来阿城把这小说写出来，就叫《溜索》。

李陀那间最多十平米的小屋里，乱七八糟堆满了书，床上的被

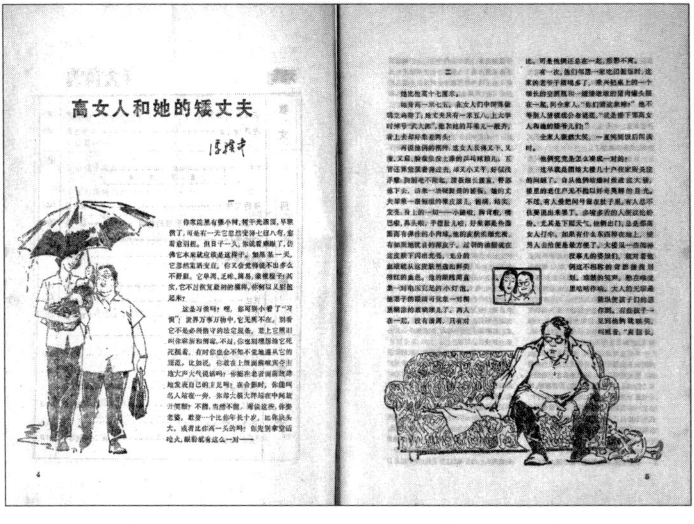

高女人和她的矮丈夫

冯骥才

一

你家院里有棵小树，树干光溜溜，早看惯了，可是有一天它忽然变得七扭八弯，愈看愈别扭。但日子一久，你就看顺眼了，仿佛它本来就应该是这样子。如果某一天，它忽然笔直变直，你又会觉得说不出多么不舒服。它单调、乏味、简易，象根棍子！其实，它不过恢复最初的模样，你何以又别扭起来？

这是习惯吗？嘿，你可别小看了"习惯"！世界万事万物中，它无所不在。别看它不是必须恪守的法定规条，桩上它照旧叫你麻烦和捆着。不过，你也别埋怨给它死死捆着，有时你也会不知不觉地遵从它的规范。比如说，你敢在上级面前喷云吐雾地大声大气说话吗？你能在老者面前纵肆地发表自己的主见吗？在合影时，你能叫名人站在一旁，你却大模大样站在中间敞开笑脸？不能，当然不能。再说这些，你娶老婆，敢娶一个比你年长十岁，比你块头大，或者比你高一头的吗？你先别拿空话唬人，眼前就有这么一对——

4

二

她比他高十七厘米。

她身高一米七五，在女人们中间算是鹤立鸡群了；她丈夫只有一米五八，上大学时绰号"武大郎"。她和他的耳垂儿一般齐，看上去却好象差两头！

再说他俩的模样：这女人长得又干、又瘦、又扁，脸像缺乏生漆的乒乓球拍儿。五官还算端正，然而长得过于平淡，好似没有描画；胸脯毫不隆起，腰板细长僵直，臀部像下去，活像一块木板。她的丈夫却象一根短粗的橡皮滚儿。饱满，结实，发亮。身上的一切——小腿啦，胳膊啦，嘴巴啦，鼻头啦，手指肚儿啦，好象都是些鼓溜溜而有弹性的小肉球。他的皮肤细腻光滑，有如质地优良的薄皮子。过剩的油脂就在这皮肤下闪出光亮，充分的血液就从这皮肤里透出鲜亮柔和的血色。他的眼睛简直象一对电压充足的小灯泡。他妻子的眼睛可就象一对褪了色的玻璃球儿了。两人在一起，没有谐调，只有对比。可是他俩还总在一起，形影不离。

有一次，他们邻居一家吃团圆饭时，这家的老爷子喝多了，乘兴把桌上的一个细长的空酒瓶和一罐矮墩墩的猪肉罐头摆在一起，问全家人："你们瞧这像谁？"他不等别人猜破便公布谜底："就是楼下那高女人和她的矮爷儿们！"

全家人哄然大笑，一直笑到饭后闲谈时。

他俩究竟是怎么凑成一对的？

这早就是团结大楼几十户住家所关注的问题了。自从他俩结婚时搬进这大楼，楼里的老住户无不抱以好奇莫解的目光。不过，有人爱把问号留在肚子里，有人忍不住要说出来罢了。多嘴多舌的人便议论纷纷。尤其是下雨天气，他俩出门，总是那高女人打伞。如果有什么东西掉在地上，矮男人去拾便是最方便了。大楼里一些闲得没事儿的婆娘们，就对着他俩这不相称的背影指指划划，难禁的笑声，憋在喉咙里咕咕作响。大人的无聊最能纵使孩子们的恶作剧。有些孩子一见到他俩就哄笑，叫喊着："高个长，

5

*《高女人和她的矮丈夫》发表在《上海文学》1982年第五期上

子从来不叠，整天人来人往，他也从来不给人倒水喝，谁渴了谁自己去倒。但这里却是一个文学的“天堂”，一个真正的“民间作协”。

1983 年为了推动文本的创新，李陀约我和他从当代作家的短篇小说中，将那种具有鲜明个性的文本和审美追求的作品选出来，编一本书展示给大家。那一阵子李陀真像一位敬业的编辑，一个干劲十足的志愿者，翻遍书刊，把中意的作品挑出来，再和我一篇篇讨论。我现在还保存着当时与他选编作品时往来的信件。记得编入那本书的作品有：茹志鹃《剪辑错了的故事》、宗璞《我是谁》、王蒙《海的梦》、汪曾祺《异秉》、张洁《未了录》、贾平凹《土炕》、王安忆《舞台小世界》、张林《太阳和鸟》、吴若增《盲点》等等，总共四十三篇，所以取名《当代短篇小说 43 篇》，最后交给四川文艺出版社出版了。之所以费力做这事，只有一个目的，就是对文学的创新不断地推波助澜，不能叫新时期文学停下来安于现状。

这期间，大家都写了一些文章发表自己的小说观。从我当时写的一篇文章《解放小说的样式》，可以看出自我变革的迫切：

纵观古今，横览中外，小说的样式无穷无尽，恐怕电子计算机也统计不出来。是不是我们过于习惯在各种事物中寻找相同和共同之处，不习惯探求区别和差异，把规律当作特征——这种思维方法影响到小说便是形式的单一。反过来，样式的单一化又影响到作家的表现方法，局限作家从内心调动出多方面的生活积累和感受，久而久之，以致影响到作家活泼的、灵便的、多侧面和多角度地观察生活和感受生活。这是一种反循环或者叫恶循环。因此，我们现在提出小说样式问题，不仅是个形式问题，也直接涉及作品的内容。

内容决定样式，样式也决定内容。不善于改革和变化样式，内容的表现就要受到局限和束缚。比如欧·亨利，大概他过于自爱那种戏剧性巧合的结尾，篇篇差不多都用这种样式，必然影响他才华多方面的施展；他把精力大多用在情节巧妙的安排上，人物就成了这些情节的表演者。因此他没能创造出理应达到的更为独特和深刻的艺术境界。角度太单一了，生活就成了平面。一个聪明的作家，不会认准某种样式，固定下来，把这样式当作翻制生活的棋子。严格说，一种样式只能使一篇作品成功。如果作家的某一篇作品获得成功，最明智的做法是，写另一篇时再也不拿起这用过的样式来。在艺术中，形式的本身也就是内容。“五四”时期新小说的出现，看上去是内容的改革，实际也是形式的变革。因为，自从辛亥革命后，社会生活的急剧变化，使得数百年习惯了的章回体的写法渐渐显得老而无力。而鲁迅等人开端的新小说更适应变化了的生活的实质。可以说，解放了形式，更促使内容的解放（这里说的内容，除去社会生活，还包括时代精神、思维方式和审美习惯等等），也就更适应生活的需要。

那么，写小说的，首先就不要把小说的概念和样式看得太死——

正剧，悲剧，喜剧，闹剧，悲壮的，感伤的，浓烈的，恬淡的，热烈的，幽默的，寓庄于谐的，寓谐于庄的，悲喜交加的，情节性的，没情节的，慢如牛车的，疾如闪电的，走马观花的，

＊ 1983年2月25日苏联《文学报》刊载《高女人和她的矮丈夫》时的插图，А・ОСТРОМЕНЦКОГО作

原地踏步的，描写的，叙述的，海阔天空、一泻千里的，笔笔交代、如书供状的，松散的，严谨的，单纯对话的，没有对话的；第一人称、第二人称、第三人称的，三个人称混在一起的；繁卷浩帙的，七言八语的，动作的，心理的，章回体的，笑话式的，拟人的，象征的，荒诞的，一本正经的，回叙式的，幻想式的，生活流，意识流，市民的，乡土的，散文式的，寓言式的，诗化的，电影化的……这仅仅是小说样式的一部分，甚至一小小部分。

过去不能替代和统治将来。一切过去的样式，如果变成公式，便会成为小说发展的障碍。不要使旧的形式禁锢和限制我们活生生的生活感受和创作思维。大胆地把小说样式解放开来，更好地适应春潮一般疾涌而来的新生活。

1982至1983年是文学自我发难的时期，也是为一场新的文学试验呼喊的年代。尽管这呼喊在今天看来浅直和幼稚，但这恰恰是真实经历过的一个活生生的“青春的时代”。经过此后两年的酝酿，新时期有变革意义并走向成熟的文学运动才真正地到来。

渐渐的，一些作家各自的面貌愈来愈清晰起来。一些“代表作”确立了这些作家的“文学形象”。比如1983—1984获奖的中篇小说中陆文夫的《美食家》、邓友梅的《烟壶》、张贤亮的《绿化树》、铁凝的《没有纽扣的红衬衫》、朱苏进的《凝眸》、贾平凹的《腊月·正月》、张洁的《祖母绿》等等。那次颁奖在南京，我在研讨会上说：“这次作品最大的特点是像地图上的城市一样，相互之间已经有了相当远的距离。这不是风格的不同,而是‘小说观’的不同造成的。”而我自己的“两个方向”也已然分出来了——《高女人和她的矮丈夫》把我“天性的文学”表明了;《神鞭》则开始了一种全新的文学理念。这我要在下一章才能具体地写清楚。

那是一个奇特的时代。文坛如五月的田野每天都有奇花异卉出现。每一篇新鲜独特、异乎寻常的作品，都会引来热切的关注，并争相传阅，到处打听这位文坛陌生的闯入者姓甚名谁，何方人氏。小说之外，每一篇与众不同的奇文都立即引起注意，也会相互告知；

凡有歧见者辄必著文争议，相互批评乃是常事。记得我在当时一次批评界的会议上说过：新时期以来，凡是有热烈争议的文艺领域，一定是活跃的，好作品自然会层出不穷。比如小说、诗歌、报告文学、话剧、油画、歌曲等等。反之，只要仅仅是赞美和捧场，没有批评，便一定陈旧平庸，没有活力。比如散文、戏曲、中国画等等。

那是个开放的时代，天宽地阔的时代，也是繁荣的时代。就像原野大地，花鲜草绿不是施肥得来的，而是阳光雨水与自由的风。

四、拐 点

1982年年底，出现一件事。它既不属于我的生活，也不属于我的文学和艺术。它出现时我不知道它对于我究竟有什么意义，因为此前我连它的名字都没留意过。但是，一天我在报上看到我被列入“第六届全国政协委员会委员名单”中。什么是全国政协委员？我是怎么成为这个委员的？没有任何部门找我谈过。我在这名单上发现一些熟悉的人名，文化界的有巴金、萧军、丁玲、叶浅予、冯牧、华君武、李可染、胡风、蒋兆和、戴爱莲、吴祖光、杨宪益，还有项堃、李谷一、张瑞芳、溥佐、王丹凤、刘德海、骆玉笙、俞振飞、张贤亮等等。何士光也在里边。其他还有科学、医学、农业各界，总共一两千人。这样庞大的阵容要做什么？我都不知道向谁打听去。

正巧，那天听百花文艺出版社的编辑说，张贤亮被邀到天津来改稿，住在大理道的市委招待所，我很想去看他，特别是要和他谈谈政协委员的事。他肯定比我事先知道了。那天晚餐过后我和妻子去看他，我带着那张登载着政协委员名单的报纸。贤亮所住的这个市委招待所曾经是我妻子一个亲戚家的老宅子，旧英租界里一座古朴的英式木结构尖顶楼房，规模很大，院子里有很多高大的树。贤亮住在顶层的一间斜顶的阁楼里。我们敲门，贤亮开开门，上身穿着一件睡衣，他见我妻子来了，马上说："我去换衣服，穿睡衣见女士不礼貌。"我笑道："还要装什么绅士。"

进屋后，我把报纸给他看，说："知道你是政协委员吗？"

贤亮露出惊讶，说："逗什么？"接过报纸一看，表情不解地对我说，"怎么会看上咱们？"但又掩盖不住心中的兴奋。原来他也不知道自己是政协委员，可是他比我更清楚这个社会职务在中国政治生活中并不一般的位置。贤亮说："这可不仅仅是国家对你专业成就的一种认可。"贤亮年长我六岁，别小看这六岁，往往赶在一个节点上，六年在历史上可能就隔着一个时代。比方他是右派，我就没有反右的经历。这样，他经历的就比我多了一个"时代"。

＊ 政协会议中，冯牧到我和贤亮、士光的房间里聊天

一个时代会有多少东西，尤其是反右。这种时代印记只有实际经历了，才会实实在在留在身上，抹也抹不掉，犹如树干里的年轮。

我们第一次参加政协会已经是 1983 年的春天了。那时的政协与今天完全不同。文化艺术界的政协委员住在大雅宝胡同军区招待所，三人一屋，我和贤亮、何士光同居一室。士光家在贵州，人内向，有精神定力，我们三人性格完全不同，却能深谈。我们吃饭在大食堂里，十人一桌，每顿饭四大脸盆炒菜或烧菜，通常一盆菜中有肉，一盆炒鸡蛋，两盆素菜；还有三盆，一盆米饭，一盆馒头或花卷，一盆汤。我那时身体健壮很能吃，贤亮比我还能吃。他还常叫我给他带一个馒头回去。在食堂吃饭是不好再带走东西的。我就先把馒头放在眼前，再掏出手绢擦擦嘴，顺手把手绢盖在馒头上，完事将手绢和馒头一起抓走，回到屋里把馒头扔给他。我说："我可不能天天这么偷馒头，哪天把我抓住，只能把你供出来，撤了你这委员。"

一天我与何士光谈起贤亮这个奇怪的食欲。士光说他一定是曾经挨过饿，饿怕了，就像杰克·伦敦《热爱生命》中那个主人公，被从死亡线救到船上后，天天吃过饭必偷几片面包带回舱，掖在床垫下边，后来叫船员们发现了报告给船长。船长说 :“这是饥饿造成的，是对饥饿的一种恐怖，过一阵子就会好了。”果然，一些天后他的床垫下不再有面包了。

贤亮后来也不再叫我给他偷馒头，但他依旧见饭如命。他很聪明，主动结识了几个大会工作人员，和他们打得火热，每天夜里跟着这些工作人员去食堂吃值班夜宵。我想，他究竟经受过怎样极端残酷的饥饿才留下这样畸形的食欲？他好像总怕什么时候断食了，必须不断地吃。更奇怪的是，每遇到特别好吃的东西，我会很解馋地几口吃下去，他反而吃得很慢，带着一种欣赏的态度，慢条斯理地一点点吃，好像怕吃没了似的。我和士光笑他。他说:“食色性也，你们不懂，这是孟子说的。”我笑道 :“贤亮你的食和色全是个谜，你可别怕我研究你。”

当然，在这个时候我们来政协只是开会，每年开一次，会期很长，至少半个月以上。那时我还看不到这个政协委员在我身上产生了哪些作用。

人生的轨迹只有回过头来才能看到。这条弯弯曲曲的轨迹上一定有一些拐点，或大或小，或明或暗。拐点改变你的人生。这些拐点有的是社会强加给你的，不可抗拒；有的是你自我改变的，由此你成功地完成了自己的愿望。拐点之后，或是方向变了，或是其中的内容与故事全然不同；你的人生一定变换了一片风景。

我人生两个重要的拐点都出现在 1984 年。它们全是经过自己的努力出现的，一个在生活上，一个在文学创作中。

到了 1983 年，我在长沙路思治里阁楼上的生活已陷入困境，不单夏日里酷暑煎熬，无法写作；随着作品的影响愈来愈大，招来的各种人和事愈来愈多，每天从早到晚小屋里各种各样的人来来往往，很难安静下来。这期间，我已经在市文联和作协担任副主席，这种职务虽是虚职，不坐班，但碰到单位有事就跑到家中来找；再有就是新老朋友、各地的记者和约稿的编辑以及登门造访的读者。那时既没有电话联系，有事也没有先约定的习惯，想来就来，门外一招呼：“是我。”或者：“是冯骥才的家吗？”推门就进。最尴尬是吃饭的时候，既不能把人挡出门外，又不能停下来不吃，只好边

* 这是第六届全国政协会议（1983—1987年）文艺组的合影照，其中有萧军、周而复、姚雪垠、管桦、雷振邦、魏传统等。

吃边应酬，有时觉得像表演吃饭，很难受。

再有，我那时的书桌也是饭桌，吃饭时要先挪开桌上的书稿信件。客人来时，儿子就要躲到阳台上做作业。这种状况愈演愈烈，只能一次次找单位和上级领导。在计划经济时代，衣食住行全靠政府，爹亲娘亲不如领导亲。幸好，当时已有“给知识分子落实政策”一说。谌容那部小说《人到中年》红极一时，不就因为切中知识分子生活困窘的现实吗？这时，市委已经有个说法，要为我和蒋子龙解决住房的困难，正好我住的思治里的房屋属于一个被抄户的“查抄产”，也要平反落实政策，那就得分给我们房子，我们搬走，好给人家落实房屋政策；再说我们也是十多年前被“扫地出门”的被抄户，也应落实政策，这样从理论上说我们手里就有了两处房子的资源，但相关的房管和落实政策部门的办事人故意刁难我，他们不是不想给我房子，而是想从我手里得到好处。天津是个市井和商业的城市，从来不买文化人的账，办事讲实惠，凡事有油水就行。这一来，我就必须与房管站、房管局、落实查抄物资办公室、街委会，还有文联和宣传部多个部门同时打交道，解决住房的问题。落实政策的事很复杂，要应对很多环节和程序，在每个环节和程序上必须这些部门都同意，才算通过。于是，事情像蚂蚁那样一点点往前爬，往往一个小环节出点麻烦就停住了，这几个部门就推来推去，急得我骑着破自行车跑这跑那。你送书给他们不看，也没兴趣，不如给一包香烟管用。在那个没有市场的年代，一切资源都被权力掌握着，要从他们那里得到“好处”真比从“猴手里抠枣儿”还难。

后来，我找到市政府，据说只要一位姓毛的顾问说句话就顶用。可是要想见这位市政府领导极不容易，我听说毛顾问住在睦南道一座西式的花园洋房里。那时市里的大领导都选择五大道解放前豪贵们舒适的花园洋房居住。我找到毛顾问那座房子，高墙深院，花木掩映，宛如仙居。我不能冒失去敲他家门，便设法打听他每天的行踪，终于获知他天天中午都会回家吃饭和午睡，便赶在一个中午，提前骑车到睦南道，藏身在他家旁边一条胡同里，待他回来一下汽车，赶紧从胡同里跑出来迎上去自我介绍。没想到毛顾问人不错，头发花白，慈眉善目，待我很和气，将我让进他家。他的客厅很大，陈设却很怪异。一边摆了三个沙发，中间一张小桌上放着几个杯子和一个白瓷烟缸，地上只有一个痰盂与一把印花的铁皮暖壶，再没别的东西。客厅的另一边中间孤零零放一个木制的单人床。这种房屋电灯的开关原本在进门左边的墙壁上，毛顾问的床摆在房屋中央，夜里睡在床上开关灯不便，就在屋顶的吊灯上装一个拉绳开关，垂下一根挺长的绳子，下端系在床架上，开灯关灯只要一拉绳子就行了。那时的领导的生活确实挺清廉。

我透过窗子看到外边是个挺大的花园，绿荫重重。我对他说："顾问，你这院子真挺美。"

毛顾问弯目一笑说："我不叫它闲着，都叫我用了。"

我再看，院子已改成了菜地，萝卜和小白菜种了一排排。

毛顾问很痛快，他说我的住房市里已有决定，把落实知识分子政策和查抄房产一并解决，分给我一偏一独两个单元，就在胜利路新建的一幢高层建筑中。他随即说他会叫市房管局尽快给我解决，我直接去市房管局房产处办理手续就行了。

我千恩万谢后走了出来，回家就把妻子儿子抱起来，说咱家要搬进皇宫了。可是依我的人生经验，好事决不会一帆风顺和轻而易

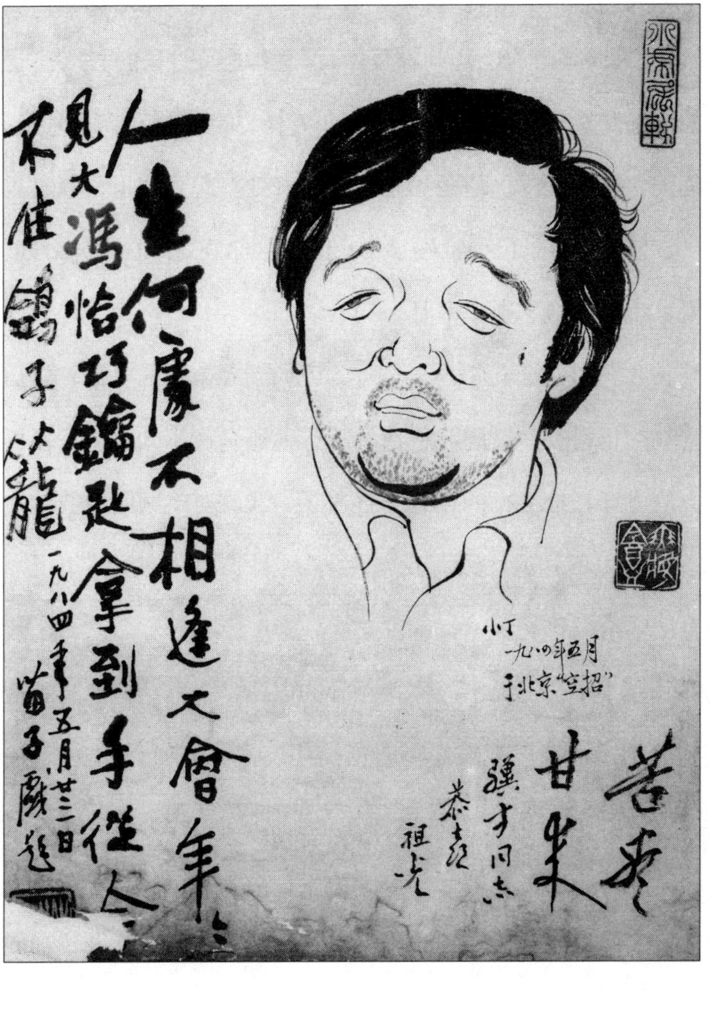

* 1984年3月23日丁聪为我画像，黄苗子和吴祖光题跋

举地到来。此后我每次到房管局询问，得到的回答都是“没听说有这事”。我托人向市政府毛顾问那里问，消息却是反过来的，都是“已经告诉他们好几次了”。房管局这位科长姓杨，细皮精瘦，肉少骨多，目光亮闪闪，精明外露。他是不是想要些好处？想到这里，我心里憋着气，心想反正市里已经批准了，我偏不给你好处，看你怎么办。我一犯犟，事情又拖了半个多月。

后来，我想出一个高招，先打听到毛顾问办公室的电话，然后去找房管局的杨科长，又问我住房的事，他还是说不知道，我便抓起他桌上的电话打给毛顾问，这一打通了，我就对毛顾问说我就在房管局，他们说不知道，跟着我就说：“杨科长要向您汇报情况。”突然把电话塞给杨科长。

杨科长措手不及，又不敢不接领导的电话，在电话里他肯定遭到毛顾问的训斥，低声下气地对着话筒连连说：“我们马上办，马上办，您放心。”就这样，我知道——我胜利了。

紧接着我赶去北京开两会。一天中午饭后，黄苗子和丁聪二老约我到他们房间里画画，吴祖光先生也在一起。那纯粹是会议期间忙里偷闲的“文人雅聚”，我们正在写写画画、说说笑笑间，忽然张贤亮穿着拖鞋跑来，说我妻子来电话了，叫我快去接。我跑回房间拿起话筒，就听妻子同昭兴奋得说话的声音都变了。她说咱们的房子分下来了，一大一小两个单元，她已经从房管局拿到钥匙了。我高兴得真想蹿起来翻个跟斗，马上跑到黄苗子房间，把这惊天的喜讯告诉三老，话一说竟然情不自禁地掉下泪来。当即，丁聪为我画了一幅漫画像，这张像真有当时喜极而泣的模样。吴祖光随即题了“苦尽甘来”四个字，只有那时候的知识分子深知“苦尽甘来”是什么滋味。苗子先生笑嘻嘻在画上写了四句打油诗：

人生何处不相逢，
大会年年见大冯，
恰巧钥匙拿到手，
从今不住鸽子笼。

如今三老都已辞世。他们可爱又真诚以及当时欢快的气息都留在这幅画中，也清晰地记在我的心里。

政协闭幕的第二天，我和妻子同昭就拿着钥匙兴冲冲去到了新居——云峰楼高层。这是开放以来我的城市最早盖起来的一座高层楼房，毗邻市中心最主要的大街——胜利路上，高达十五层，这已经是当时顶级的高层了。楼内有两部电梯，外墙装饰着精致的黄色马赛克瓷砖，单元的格局很新颖，据说图纸来自捷克。这在那个时代简直是一座梦之楼。我的住房是对门的两个单元，中间隔着一条走廊，每个单元都有单独的卫生间和一个小小的浅绿色塑料澡盆。由于我们位居第八层，周围没有更高的楼，视野广阔，阳光无碍，站在屋里，外面的街道、车辆、行人——连整个城市好像都在脚下，屋里一片通明。听说这座楼采用了先进的船形地基，轻体墙壁，八级地震也奈何不得，再也不会遇到1976年那样的灾难了。我当时便有一种异常奇妙的感觉——从此我们的生活要转弯了，前头的风景一定美好。

转天我们就带着清扫工具到新居打扫房屋，扫净水泥地，擦亮

* 我分得新房后拍的第一张合影照。那时还真有些怯生和没从梦里完全醒来的感觉

玻璃窗，用清水冲洗过的水泥地面的气味，混同着我们欣喜的感觉，现在想起来还能感到。当时没有做任何装修，甚至墙壁都没粉刷就搬进去了。好像怕迟了房子又被收回去似的，那种心理只有经过这些事的人才会有。

然而，我从旧居搬到新居时，几乎没有一件像样的家具。当年我们是在抄家后一无所有时结婚的，1976 年又经过一次倾家荡产的大地震，家中很难再有完整的家具。我在《无路可逃》中说过，我的家经过两次从零开始，一切物品全是两次“出土”。所以在我搬进新居时，开电梯的姑娘小张说：“冯老师往楼上搬了七电梯东西了，怎么除去乱七八糟破桌子破椅子，锅碗瓢盆，其余全都是书？”

在最后离开思治里时，我把在这个生活了长达十六年、大地震时几乎要了我命的住所里里外外仔细地看了一遍，为了更好地记住，然后关门下楼。待下到了二楼，我忽然想到什么，又返回三楼，站在楼梯上敲了敲侧面的墙壁。我知道那里边还有一些我秘密写作时藏匿的手稿，我已经无法而且永远无法把它们取出来了，时间太久了，我甚至忘了这些手稿上边写了些什么。我暗暗隔着墙壁对着里边的残稿说：

“你永远留在这里吧。你是我的历史。”

于是，我生命历史的一个长长的阶段才算画上句号。

此时此地是我的一个拐点，我从这里拐向另一样的天地。

发生在1984年我另一个拐点是《神鞭》。

《神鞭》对于我，不只是一部作品，而是为自己开辟的一条全新的道路。此前我没写过这样的小说。

自从现代派文学之争，我埋头读了许多书。从《麦田守望者》到《二十二条军规》，从意识流到拉美文学爆炸，略萨、博尔赫斯、马尔克斯、魔幻现实主义再到日本的川端康成等等，也读了国内一些年轻人现代主义的文学试验作品。老实说，我们初期的现代小说较多是模仿性的。我不喜欢模仿，不喜欢与西方现代主义在艺术感觉上“对表”。我认为我们看洋人小说的目的，不是要和他们一样或类似，而是不一样。我想要写出自己的“现代小说”，当然这很难。自己的“现代小说”是什么样的？我苦思冥想。

有人说，二十世纪三四十年代出生的作家很难接受现代主义。这话有道理。我们这一代是在现实主义经典的滋育中成长起来的，审美已经定型。在接受舶来的现代主义上，自然不如六七十年代出生的一代作家来得轻松。他们没有审美成见，也没有观念束缚。正如老一代习惯于“三突出”的革命作家很难拿起批判现实主义的思想“武器”，所以他们整体地在伤痕文学时代缺席了。反不如五四作家如巴金先生一步跨入新时期，并使《随想录》成为新时期文学的旗帜，这因为他身上有五四的批判精神。

巴金的意义是把五四中国知识分子的批判精神直接贯通到八十年代对“文革”的批判上来。特别是他自我的良心拷问，把批判引入人性与民族性的层面，在树立知识分子的良知与精神品格上具有重要的意义。

巴金先生对中国文学与知识界这方面的贡献，还有待于我们更深入地去研究和认识。

我本人的现代小说注定会与年轻一代不同。既然我不想写那种

* 《神鞭》是“怪世奇谈”的第一部，是我个人文化小说的开山之作

西方化的现代小说，那么我的现代小说又在哪里？

我当时给李陀和另一位评论家夏康达写信作了探讨。我说我面对着一个奇特的时代，历史与现实都在相互撞击中各不相让。现实背叛着历史，现实又是历史的怪胎。我有太多的感知与思考。但我发觉自己“原先那些驾轻就熟的写法都不够用了。我既有的小说观念有局限。我的观念与方法无法把我感知到的东西放进去”。我想创造一种宽泛、自由、包容性很大的形式。我想把荒诞、写实、哲理、象征、古典小说的白描，乃至通俗小说的写法全糅合在一起。

我不是为形式而形式，我想创造一种方式放得下我对这个时代的感知与思考。我希望这种小说不只是一个主题。我认为小说的主题应该像一个杏，杏不只杏肉好吃，里边还有个核儿，砸开核儿，又有一个不同味道的杏仁。

可是这只是个想法。我还没有阿基米德撬起地球那个支点。

这个支点应是一触即发的灵感，而触动我灵感的来得太偶然——它来自一张民国初年剪辫子的照片。它让我忽然悟到这辫子就是几千年不变的沉重的传统，是一种根，一个时代转换时兴废的象征，一种剪不断的审美情结。于是我在这根辫子上抓到了当今时代的把柄与魂儿。我想到了“意象”的思维。当从形象跃到了意象，我便有了一种神乎其神的文本的想象。特别是我突发奇想，想出来一根神鞭，这个传统的象征——神鞭愈神奇，愈荒诞，它的象征性就愈强。

这样的小说当然不能放在当代生活里，而是应当放在一个特定的历史时代和我熟悉的乡土生活里。

乡土，当然是我的天津。历史时代，当然是清末民初。我特别信奉文化学年鉴史学派的一个观点：任何地方的地域特征与集体性格都在某一个历史时代表现得特别鲜明、突出和充分。上海是三十年代，天津北京是清末民初。当然北京和天津还不一样。北京是新旧冲突，天津还有中外冲突。有幸的是清末民初离我不远，很多生活、文化、人物还活着。于是我感到——我在这方面大量的生活积累，特别是我精熟的天津地方本土的历史、地域、风物、俗规、节庆、吃穿、民艺、掌故、俚语等等，全都一拥而至；无数见过的面孔，熟知的个性，听来的传说，也都招之即来。现实中的各种饶有兴味的感受与思辨随之自然而然地融入。市井的传奇、民间的段子，《聊斋》和《西游记》荒诞的笔法、博尔赫斯和马尔克斯的魔幻、武侠小说和章回小说的招数，由我信手拈来。我写这种“四不像”的小说并不费力。我感觉它像一个巨大的弹性橡皮口袋，可以放下太多的东西。

这样，我觉得我已经有了自己的现代小说。我说：“这是不是一个大杂烩？只要它不是一个拼盘，哪怕是鸡、猫、驴、狗、耗子、麻雀、蚂蚱和蚯蚓都煮成一锅，能叫人吃下去我就满意了。如果它别有一种什么滋味，我当然再高兴不过，说句笑话，我对这种食品多少有点专利权了。”

然而，我担心读者不能理解我的想法。我为《神鞭》写了好几篇文章，介绍我的想法，尽管评论界有明白人，却还是没有得到广泛的认知。究竟这是一种太个人化的文学试验啊。

但是，这部小说的反响之广之大，超出我的预料。我心里清楚，这个反响并非我文本和写法上的创造性，小说的传奇力量和人物的地域性格是得到广泛传播的主要缘故。为此，报纸转载，电台连播，

＊《感谢生活》的法文版在迦利玛出版社出版，多次在海外获奖

很快西安电影制片厂的新锐导演张子恩来找我改编电影。一时改编成连环画的版本就多达十多种,甚至还画成了年画和儿童的玩具“毛片”。这在我先前的文学作品中不曾有过。可是,在各种报刊转载时,人们对它的称呼可谓五花八门了。有称传奇小说，有称武侠小说，有称市井小说、乡土小说、津味小说。我便说 :“我不知道这是一部什么小说，我只管生孩子，别人随便起名字。”

没想到，最难成为我知音的是评论界，没人看出“神鞭”的意象，没人发现文体的独特，很少有人认识到藏在“伪古典”后边的现代元素，我有点责怪评论界的无能。他们只能从固定的取景器里看风景，没能力自己打开一面窗子。

然而，1984 年这一年我在自己新的生活空间里找到新的文学空间。这感觉真是好极了!

我在生活上充满兴致。依照我和妻子同昭共同的习惯与爱好,每每获得一个新的生活空间都会用美去装饰，让它更适合我们自己的品位。这时候，我俩基本上都不画画了，好像整个八十年代我也没有正式画一幅画。我把所有时间都给了文学，妻子把所有时间都给了我和儿子。我那些曾经一起画画的老友很少来往了。朋友之间只要两三年以上不再往来，就会渐渐中断。

在写作上我好像更有活力。此时，我感觉自己已经从前三年那场大病中完全恢复过来。我心中充满写作和创造的欲望，我感觉文学前程完全敞开，好像自己个人的“黄金时期”正在到来。可是我没有让自己陷入《神鞭》带来的热潮之中。我躲开“神鞭热”，我有意与《神鞭》拉开距离，沉下心来，换上自己另一套笔墨，以两位画界的好友——韩美林与华非苦难的经历，为冯牧主编和创刊的《中国作家》写了一部中篇，题目叫作《感谢生活》。这个题目曾被海外一位批评家责问：“这样的苦难，也要奴性地去感谢吗？”其实，他不懂得那种真正而纯粹的艺术家与生活是怎样的关系。真正的光明只有在黑暗中才异样地夺目，真正的美在精神的荒芜中才格外珍奇。我正是要在这样的物质与精神的一贫如洗之中，表现艺术家的崇尚与发现美的天性。只有我们这一代艺术家知道真正的艺术与美的本质！

这部中篇我先后写了三遍。通常，我每写一篇作品，不论长短，总是先要由妻子看一遍。那时没有电脑，也没有复印机，手写很累，有时妻子帮我抄稿。她对事物的感觉很好，尤其熟悉我的文字感觉，每觉不适，必提示给我。我笑称她是“最苛刻的责编”。《感谢生活》完稿时差不多六万字。谁料妻子看过断然说：“不行，要改。”她的“裁决”有点叫我冒火，可是听过她的意见确实有理。小说采用第一人称的写法，是一位艺术家对同坐一列火车的一位业务推销员讲述自己的遭遇。妻子问我艺术家会向一位不相干的推销员倾诉衷肠吗？她认为应该把这个推销员换成一个当时同样受难的作家，作家都是让人尊敬和信赖的；这样，艺术家的自我述说就合情合理了。这意见很好，但是改起来却要大动干戈，我用了十多天时间，几乎重写一遍，写好后减少了近一万字，我兴冲冲拿给她看，谁料她看过，对我说：“我说了你肯定不高兴，但我还得说，我觉得还不行，对话不紧凑，缺少非说不可的心理压力。”这意见可太大，必须要再做一次大改，我连写带改已经两遍，真有点筋疲力尽，心里一火，把钢笔往地上一摔，叫起来：“不改了，就这么交稿了！”那支绿色的塑料笔杆被我摔得粉碎。妻子哭了。我静下来后，劝她，向她道歉。她带着眼泪说："反正我以后不再帮你看稿了，但你这次还得改。"

我再看看稿子，她提得确实挺关键。我静下心后又改了一遍，又是十多天，又少了近一万字。然后交给她，笑着请求她指教。她接过稿子看了之后，露出笑容说："这次很好，我受了感动。"

于是，我又有了这部比较重要的中篇。这部中篇后来海外翻译了大约十多种文字的版本，包括法国的迦利玛和英国的企鹅两家出版社的版本。还在法国和瑞士获了奖。

更重要的是我至此已确立了自己的两种文本的写作。

一是从十年的秘密写作，经过伤痕文学，而后转为反思文学，是一种现实题材和现实主义文本的写作。

一是自 1984 年确立起来用历史关照现实，以地域生活和集体性格为素材，将意象、荒诞、黑色幽默、古典小说手法融为一体的现代的文本写作。

可能由于我十年间有过从事千头万绪的推销员工作的经历，能够面对各种不同的事情，并行不乱。1984年我处在各种事务纷纭的穿插中。小说《神灯》由天津歌舞团改编舞剧,《神鞭》改编电影，各种图书的编辑出版，杂事俗事日日袭扰。然而我心里已经确立的两种写作主线，如大地江河，清晰地奔涌向前。

此刻，一边是现实主义写作的《一百个人的十年》，一边是现代主义写作的《三寸金莲》，都开始在心里深入地谋划了。

此处必须记下一笔的是，新时期初期（1979–1984年）的文坛呈现出一种少有的奇观——四世同堂。五四时代的一辈作家可谓“长寿型”的，茅盾、巴金、郭沫若、冰心、曹禺等经历了“文革”，还都健在，这是文坛的福气。延安以来的革命作家丁玲、艾青、臧克家、刘白羽等等一大批作家也都在。王蒙、李国文、邓友梅、从维熙、刘绍棠、张贤亮等等“右派作家”当时并不老，甚至正逢其时而成为文坛雄劲的主力。再有便是我们一批“文革”后冒出来的一代，伤痕文学加上知青文学的一代，生龙活虎的一代。这一代年龄跨越很大，谌容、张洁与张贤亮他们一代差不多是同龄人；年纪最小的应该是王安忆和铁凝，只有二十几岁。这几代都是人才济济，每代作家身后都是一个独特的历史和一片辽阔深厚的生活，这样一个阵势可谓蔚为奇观。

五四一代的“鲁郭茅巴老曹”中，除去鲁迅先生去世得早，“文革”痛失老舍，其余大师皆在。冰心也很健朗。我最熟悉的是巴老和冰心，每次去拜望这二老，心中真有“朝圣”之感。二老对我都很爱惜，巴老直接支持我因抨击“文革”而受困时的小说《铺花的歧路》，还在评审首届中篇小说奖时，对我有争议的小说《啊！》写了这样一段话“写得非常真实，生动地再现了‘清队’那段生活，写出了那时普通人的心理状态。”这段话我是许多年后才知道的，巴老已经不在了，我却依然能够感到他有力地撑在我后背上温暖的手。我常常埋怨自己听不太懂巴老纯正的四川话，每次见到巴老，巴老都说一些话，我听明白的不多，只有努力去看每一次他送给我的书，特别是那一本又一本新书——《随想录》。他对我的影响可不止于文学，更是他一个知识分子的良知、自省、操守和洁身自好。我做不到他那样，所以他在我心里始终有很高的位置。比如我在把自己的藏书和艺术品从家中搬到天津大学做博物馆和图书馆时，我心里总有一个影子——他曾带着我到他的车库去看一排排放满书的书架，那是他当时向福建泉州一座学校的赠书。

关于冰心，我写过一篇长长的散文《致大海》，记下了很多与这位我心爱的先辈之间难忘的细节。她的音容笑貌至今在我心里还是活着。我写过的那些内容不再在这里重复。我还要记下一笔的是她一次对我说：“冯骥才，你拿的工资可不是政府给的，政府没钱，政府的钱是人民的钱，你的工资是人民给的。如果政府哪些事做错了，你必须替人民说话，不要怕！”她说“不要怕”时很坚决，目光明亮又坚定，给我的印象很深，并直接影响了我。

从他们身上，我懂得了什么是知识分子精神。

五、爱荷华生活

1985 年春天中国作协通知我，应美籍华裔作家聂华苓和她的先生美国诗人保罗·安格尔的邀请，我将在 8 月份赴美到爱荷华的国际写作中心去交流与写作，为期四个月。我很高兴，那时代去美国是一个梦。更因为与我同去的作家是张贤亮。我们要好，我俩结伴再好不过。叶圣陶先生有句话：在外旅行最重要的是伙伴。

后来才知道，其实这是聂华苓对我发来的第二次邀请。头一年她曾邀请过我，恰巧苏联的一份重要的文学刊物《文学生活》发表了一篇文章，是著名的汉学家李福清（鲍里斯·弗里京）写的我的访问记，篇幅很长，里边有我自述“文革”的遭遇。那时对老外说“文革”还有点犯忌的。不知给什么人看到了，举报给中国作协。这封举报信恰巧与聂华苓的邀请函同时放在作协书记冯牧的桌上，冯牧犯愁了，他为难地说："这叫我怎么办？"反正不能批准我去了，只好对聂华苓说我有事去不成，聂华苓便改请谌容去爱荷华。

据说原先与我搭伴的不是贤亮，是徐迟。我十分尊敬徐迟，很早时候就读过他四十年代在重庆出版的译作《托尔斯泰传》。那时正是抗战期间，重庆是陪都，物资匮乏，他这本译作是用一种很廉价的又薄又黑的糙纸印制的。他说他出版这本书完全是为了向读者"介绍一种伟大的精神"。我对这种为纯精神而工作的人向来心怀敬意，再加上八十年代以来他那几篇关于陈景润和常书鸿的报告文学都感动过我，如果和他有一段共同出访的交情当然不错。与徐迟同伴虽好，贤亮更好，我和贤亮是无话不谈、相处随便、互不拘束的朋友。不拘束最舒服。

因"祸"得"福"的是，李福清给我惹出的麻烦使我访美的时间后错了一年，这让我把《神鞭》和《感谢生活》写出来了。我曾想，如果当时我没出那件事，与徐迟一同去了美国，我的文学会变成什么样子呢？肯定会变了一种格局，说不定是完全不同的一种格局。那么人生到底是偶然还是必然的呢？

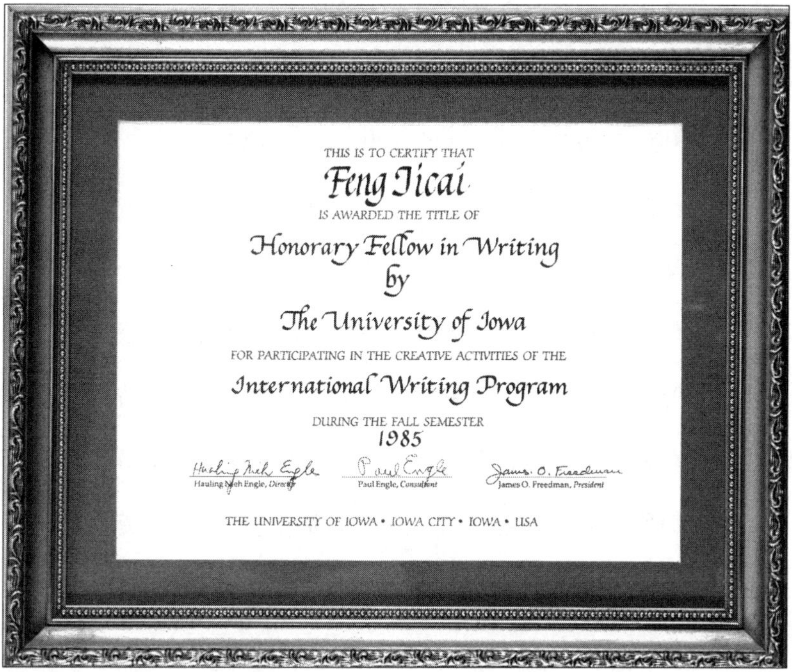

* 参加爱荷华国际写作中心的证书

当时看全是偶然，过后全都变成必然。

爱荷华的聂华苓——在我的印象里，真美好。

8 月底我和贤亮经旧金山到达了美国中部的小城爱荷华。聂华苓来到机场迎接我们。一见面就彼此觉得像“老友相逢”。她亲热、真切、文气、柔和，好似老大姐一样，而且充满活力。我们怎么会像“老友相逢”？是因为早就都读过对方的书，还是性情相投，天性使然？华苓没有直接把我们马上送到驻地，而是开车带我们去到一家用昔时的水泵房改建成的别致的小饭店，吃一顿地道的本地饭菜，然后驱车进入这小城的市区。

爱荷华的城区松散地散布在一片大自然里。人在城中开着车，有时会进入一片簇密的林间，于是在车里可以闻到很浓重的木叶的气息。如果汽车窗外全是绿色，你会觉得绿色融进了车内。华苓一边缓缓地驾车行驶，一边向我们介绍爱荷华这座小城和国际写作计划的工作，好像散步聊天。每到路口逢到红灯，虽然周围一个人也没有，她都会停下车等候绿灯，叫你感受这座小城固有的秩序与文

* 在爱荷华大学的演讲。我演讲的题目是《作家的责任》。右起：李欧梵、向阳、我、杨青矗、张贤亮、聂华苓

明。忽然华苓指着车窗外叫我们看。原来是被路灯照亮的树上出现一片红叶，红得像花。华苓叫着："哎呀，这是我今年看到的第一片红叶，真好，你们和秋天一起来了。"

我忽然体会到华苓的用心，因为我们要在这里生活四个月，她第一天就用这样的"接待"方式，让我们很舒服又自然地进入了这个美好的小城。

我和贤亮住在爱荷华大学的学生公寓——五月花公寓的八层。我的房间是D824，贤亮住在同层的另一间。我和一位印度作家共同使用一个卫生间和餐室。我不用我的餐室，去到贤亮的房间做饭吃饭。贤亮在1978年以前坐牢二十年，吃的都是"大锅饭"，不但不会做饭，连炒鸡蛋都不行。这种事我会做，于是烧菜煮饭就是我的差事了。每每到了该吃饭的时候，我就去他房间里"上班"。如果我写东西误了时间，他饿了——前边说过，他特别怕饿，就打电话催我，说话口气却挺婉转："骥才，你还不饿吗？"我过去就笑骂他："你这个老财主真会用长工。"贤亮是个厚道人，我天天做饭

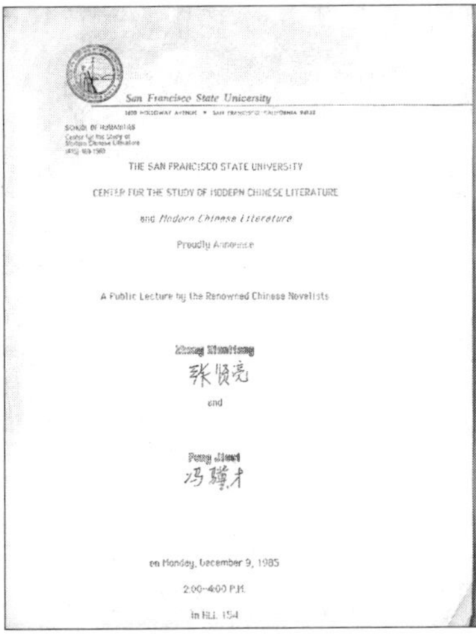

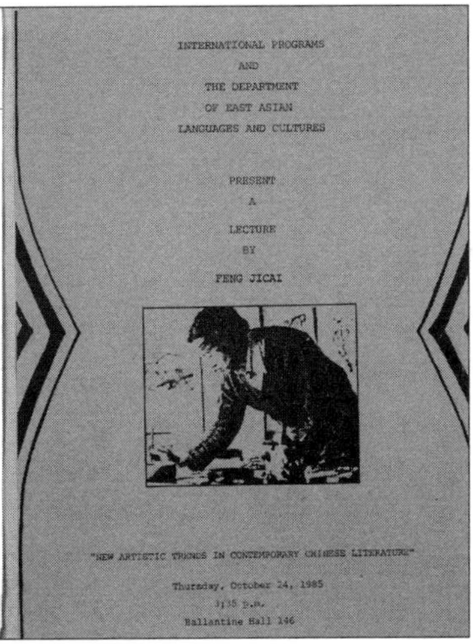

* 在美四个月期间，巡游各地，在十几所大学演讲。这是当地大学张贴的演讲预告

给他吃很不好意思，后来他竟然学会用电饭煲烧饭——这样好平衡自己心里的不安。这家伙确实有可爱的地方。

刚到爱荷华的时候天天就是写作。我出国前已经把《神鞭》之后的另一部小说《三寸金莲》写出了初稿。我把初稿带到爱荷华做修改。爱荷华大学举办这样的国际计划，将各国作家聚在一起，除去提供好的写作条件，更为了相互间进行交谈和交流。可是我和贤亮都不会外语，我上学时只有少数学校有俄语课，不学英语，后来反修，俄语课也停了。自学外语有“企图”里通外国做特务之嫌。我知道自己不会外语寸步难行，就让在外语学校学英语的儿子冯宽给我写了一沓卡片，扑克牌大小，每张卡片上，写一句中英文对照的日常用语，如“多少钱？”、“请问这地方在哪儿？”、“借用电话行吗？”等等，以备不时之需。出国前贤亮请了一位“家教”，恶补了几个月英语，自以为比我强，常嘲笑我“哑巴加聋子”。可是他没有实战经验，逢到大家交流的场合说上几句就接不上话茬，只有干瞪眼，那就轮到我取笑他了。在国际写作计划的作家中，能够与我们“说上话”的人只有新加坡的诗人王润华、台湾作家杨青矗和诗人向阳。那时候，两岸作家还很少碰面，初识时找不到话题不免尴尬，熟了就说说笑笑起来。我和贤亮不仅健谈，而且喜欢调侃好开玩笑，天性都不拘束，那时我们年轻，只有四十岁出头，又都个子高高，风华正茂，与海外传说的大陆作家唯唯诺诺、藏头缩尾、谨小慎微全然不同，很快彼此打成一片。王润华在大学任教，是一位学者型诗人，谦谦君子，妻子淡莹也是诗人，性情文雅，大家很合得来。常常晚饭前华苓会打来电话，约我们几个人一起去半山上她家里聚餐。

聂华苓的小楼在五月花公寓后边的小山坡上。我的房间朝南，面对爱荷华河，贤亮的房间朝北，隐约可以从满山大树的缝隙里看到华苓那座两层画一般的木楼的影子。只要华苓相约，我们就从公寓出去，由道边一侧沿着一条舒缓的山路向上走，二十多分钟就走到她家。这座带点乡村别墅风格的两层木楼的四周全是野生的花树。楼后边看不到人家，有时会有梅花鹿或浣熊出现在她家的楼前觅食。小楼的一层是车库、杂物间和一间地上铺满白羊皮的书房。爬上楼梯才是一间很大的客厅和餐厅。容得下三十多位国际的中心全体人员一同聚会。人太挤时，推开门就是一个带柱廊的大阳台，从这里可以眺望爱荷华河，可以一直望到它在远处转向一片烟霭中美丽的远景。华苓在这个廊子上挂一个由长短不同的钢管组成的风铃，样子像个乐器，有风的时候，离她家很远的地方就能听到清脆的铃声。

诗人的房间不尚豪华，却陈设着各种艺术品，到处是书。保罗喜欢面具，一面大墙挂满各国奇异的面具。出国前我听说华苓的先生——诗人保罗·安格尔酷爱面具，便给他带来一个陕西宝鸡民间粉底墨绘的狮面，他喜欢得不得了，转天便挂在墙上。

我们与安格尔语言不通，但能从他打招呼时的音调里感受他天性的热情率真。我们与他一起聚会时，不会因为语言不通而拘束。他高兴时会对我喊一声："Feng！"然后大笑。我从中感受和享受他的情意。我后来把这种感觉写在一篇散文《一次橄榄球赛》中。他外表像个结实的壮汉，性格却像老顽童，感情外露，驾车很莽撞，做事喜欢自己动手。那时他年纪已经不轻，屋顶漏雨，便爬到屋顶掀砖弄瓦，自己动手修理。他在屋顶上爬来爬去的样子像个胖大的猿猴。

＊ 在聂华苓和保罗·安格尔家的晾台上

他和华苓的家充满了他们各自的天性——他率真的诗性与华苓的优雅。

在他家我结识了许多朋友。比如韩国的诗人许世旭，他用中文写的诗相当有味道。台湾的诗人非马、楚戈；我很喜欢楚戈，他是台北故宫博物院的研究员，诗和画俱佳，有文人的浪漫气质。九十年代一个春天还来到天津看我，在我的画室作画。画了一枝桃花，题了郑愁予的一句诗："我是北地忍不住的春天"。有很浓郁的文人情怀。可惜楚戈已经不在了。

一天华苓准备了一桌美食——她家的中餐之精美是我在美国任何餐馆吃不到的，那天她邀请贤亮和我与美国记者、《长征——前所未闻的故事》的作者索尔兹伯里见面。我们聊得比吃得还好。索尔兹伯里最关心的话题是我们怎么看邓小平和中国向何处去。我们各抒己见，把当时对中国的希望与担忧都说得很充分。这位曾经见证中国革命的美国记者对中国由衷的感情，给我的印象很深。

爱荷华写作中心组织过一系列很有价值的活动。比如到城郊农家参观当地盛产的玉米的收割，比如参观德梅因一家用数以千计的当代艺术作品装饰起来的保险公司的办公大楼，再比如游览密西西比河，我和贤亮还代表中国作家协会向汉尼堡的马克·吐温故居赠送了一套十卷本张友松翻译成中文的《马克·吐温全集》。这期间，我个人外出跑了两地方：一是去纽约看包柏漪，那时包柏漪的丈夫温斯顿·洛德正要来中国做大使。我在她家住了一周，看到我1979年送她的那幅用了整整一年时间临摹的《清明上河图》挂在她客厅一个巨型的镜框中。唉，这辈子我没时间再画这样一张如此繁复的巨型长卷了。

我还乘坐一架小飞机跑到印第安纳去看我的小说翻译陈苏珊。那时这本厚厚的中短篇小说集《菊花及其他故事》刚刚由纽约的哈克·布瑞赤出版社出版，她给了我五本，并给了我刚刚刊在《纽约时报》《洛杉矶时报》等报刊上的一些书评。我拿着这本紫色和透亮的封皮的新书，满心高兴。这可是新时期最早在美国出版的中国当代文学呵。

回到爱荷华不久，我便与贤亮开始应邀四处讲学。实际上一边游历一边演讲。芝加哥大学、哈佛大学、耶鲁大学、纽约大学、明尼苏达大学、洛杉矶大学、柏克莱大学、旧金山大学等等。其间结识了不少华裔学者作家和美国的汉学家。印象深的有李欧梵、郑愁予、郑培凯、非马、夏志清，还有在《华侨时报》工作的王渝。八十年代在美国见到的华人作家与学者多是从台湾去的。他们讲“国语”，写繁体字，有很好的中华文明的教养，人多有情有义，与我和贤亮都合得来，甚至成了朋友。在美国的汉学家葛浩文和林培瑞两位称得上奇人。葛浩文似乎有英汉两种母语，手心手背一面英文一面中文，翻译也就“易如反掌”了。林培瑞在洛杉矶大学，他能用天津话说相声，却不告诉我从哪儿学的天津话。

爱荷华国际写作计划是美国新闻局资助的，我们对所去之处可以提出自己感兴趣的地方，他们事先做好安排，这样使我们的美国之行充分又自由。我去过并给我留下较深印象的地方有：凰凰城印第安人居留地，波士顿的欧尔德·斯特布里村，大都会博物馆和哈佛艺术博物馆等地。这些地方给我的启发很深，以致运用到我在二三十年后国内的文化与教育工作中。比如印第安人居留地与中国少数民族村寨的保护，欧尔德露天博物馆的理念在绍兴胡卜古村重

Monday, October 14, 1985 Hannibal Courier-Post

Chinese Twain

C-P photo/Gene Hoenes

Five volumes of Mark Twain's writing in Chinese were presented to the Mark Twain Museum Saturday by representatives of the Chinese Writers Association, Peoples Republic of China. The books were presented to John Lyng, left, executive director of the Mark Twain Sesquicentennial Commission and Mark Twain Museum curator Henry Sweets. The foreign visitors were in a group of 35 writers who were in Hannibal as part of the International Writers Workshop hosted by the University of Iowa in Iowa City.

＊ 我和张贤亮代表中国作家协会向马克·吐温故居博物馆赠送张友松翻译的《马克·吐温小说全集》。这是当地报纸刊载的消息

建中的运用；还有爱荷华州德梅因保险公司将当代艺术品收藏融入企业文化的创举，被转化到我的“学院博物馆化”的建院思想中；而在哈佛艺术博物馆里我认识到“文化存录”在大学教育中的重要意义。这是爱荷华国际写作中心“无意间”附加给我文学之外的收获。

在与美国社会广泛的接触中，使我愈来愈清楚地观察到中美之间不同甚至相反的生活观、社会观、生命观、文化观、历史观和价值观。此时，我正修改《三寸金莲》。当我开始自觉地用这种不同的文化视角反观“三寸金莲”时，我对其本质看得就更深刻与入木三分，批判也就更犀利。此中的道理，我会在后边细说。

大约十月底，我和贤亮回到爱荷华。其他国家的一些作家在外边跑了不少日子，也陆续返回五月花公寓，再有不到一个月就要离开这里了。

这时候，出了一件事。

在我们出国时，贤亮将他新写的一部小说《男人的一半是女人》交稿给《收获》，这部小说发表在《收获》第五期时，我们正在美国，但它在国内却引起极大反响。那时一部作品的社会效应，是今天无法想象的。10月底李小林在与我的通信中说贤亮的这部小说“在读者中引起了轰动，使《收获》创了一天销光的纪录”。可是在文学界的“反响”却是强烈批评，批评的一部分来自文学界，女作家批评得尤其尖锐，骂这部小说“黄色”，甚至一些老作家也接受不了，还写信给巴老，叫巴老管管《收获》。那时，巴老是《收获》主编，李小林是责编，这股过于猛烈的批评势头弄不好就会招来更大的麻烦。小林也感到担忧了，她在信中问我“贤亮也有所准备了吧”。

小林和我与贤亮都是挚友，从信中我看出她的担虑以及国内文坛有些反常的“异象”。

那时“文革”刚过去几年，虽然春回大地，但人们依然心有余悸。尤其文艺上的事。过去哪场批判不是从文艺上开始的？尤其是贤亮，他1957年被打成右派不就因为一首诗《大风歌》吗？并因此落难二十余年，如今贤亮的感受自然敏感和深切得多。

尽管平时看他挺自在，随性亦随意，乐乐呵呵，他的文学正处在上升期，好作品不断拿出来，外人以为他一定是志得意满呢。可是我和他在一起时间多，往往能看到他潜在和深藏的一面，有时他静下来，会长叹一口气，脸上变得阴沉起来，和公开场合里的风流倜傥完全换了一个样。我想此时的他多半回到了过去。我不去问他，不愿意让他回忆。可是他有时会不自禁对我说几句当年苦难中的什么人、什么事和什么细节。比如他黑夜在死人坑里摸到一些死人脸时的感觉，比如他做过的女人梦。他说后来他见过的女人没有一个比那时他梦里的女人美。他讲过的一些细节和片断后来出现在他的散文或小说中，但也有一些没有。

他自 1957 年被打成右派，直到 1978 年解放平反长达二十二年间，前后五次被关进牢房。他说记忆最深的不是挨打受罚，而是饥饿。他讲过一件关于饥饿的事，给我的印象深刻——

一天深夜，号子里二十多人全都饿得难受，偏偏隔壁是个厨房，大锅里正在熬糖稀，熬糖的味儿从墙壁上方一个很小的窗洞飘进来。饥饿的人最受不了这种熬糖的香味儿，馋得饿得嗷嗷叫。他们受不住了，想钻过窗去偷吃，但是窗洞太小钻不过去，恰巧号子里有个

* 从爱荷华回来后，用幽默笔调写的一本随笔《美国是个裸体》

少年犯，瘦得一把骨头，大家就托举着这少年钻过去，谁料这少年犯过去竟然发出惨叫，原来下边是熬糖锅，他从高高的窗洞掉下来，正掉进滚烫的糖稀里。惨叫声惊动了监狱的看守，把这孩子从锅里拉出来，连打也没法打了，就又把号子的门打开，把这孩子扔进号子。

下边一幕惊人的场面出现了。号子里所有囚犯像饿虎一般扑上去，伸着舌头去舔这少年身上的糖稀，直到把这少年小鸡儿上边的糖稀也舔净了。

贤亮的心里有太多这样匪夷所思悲惨的事，太多的阴影。当《男人的一半是女人》出了问题，他陷入了困顿，不说笑话了，天天在屋里抽烟，我有时过去，有些情况不好告诉他，连小林信上的话也没全让他知道，更多时间是陪他抽烟。那时我一个人在异国他乡太久，感到寂寞，把烟又拾起来了。

贤亮有他得到国内信息的渠道。他天天打电话给他爱人冯剑华，想念他的儿子小小。他总在电话里与小小说话，一声声喊小小，看他那样子好像从此要天各一方了。此时，贤亮的作品要在国内挨批

洋人的玩具

时间

美国人的规矩

老人与狗

* 书中自绘的漫画插图

的事已经在五月花公寓传开。大家关心他，华苓也找他去，安慰他。大家都知道“文革”时政治批判的厉害，都想对他伸以援手，有人劝他在外边多留一阵儿。

毕竟中美相隔太远，难以知道国内更多真实的情况，那时还没有私人电话，只有公家电话，与国内联系完全靠越洋的信件。我一方面担心国内文艺界真会出现什么风波，贤亮回去会挨批；一方面又怕事情并不严重，贤亮误判不敢回去，反而会给文艺界造出事端。我便给王蒙打了一个电话试探着问问。王蒙接到我的电话挺高兴，问我俩在美国生活得如何。他也曾参加过爱荷华的写作计划。我说一切都好，只是听说国内大批贤亮，我们有点担心。王蒙一听就说，哪有什么批判，争论呗。咱们的作品不是常有争议吗？然后他用他惯常的开玩笑的口气说，告诉贤亮这家伙，愈批愈火，这下子他的小说畅销了，有大批稿费等着他回来领呢！

听了王蒙说话的口气我放心了，王蒙是最接近官方高层的作家，他的话是绝对靠谱的。后来我回国才知道，《男人的一半是女人》惹起的风波确实不小，但官方吸取了“文革”的教训，并没有要搞批判的迹象。《收获》是发表这篇小说的刊物，李小林和《收获》受到的批评压力不比贤亮小。为此，巴老还写过一段文字，表达他对这部小说的看法："这是部严肃的作品，也没有商业化的倾向。黄香久写得很感人，有点像陀思妥耶夫斯基笔下的人物。最大的缺点是卖弄，那段关于马克思、老子和庄子的对话，叫人受不了，也不符合人物的身份。最后那笔，可能有人会认为'黄色'，但写得确实好。"这段话没有发表，是后来李小林给我看的，由此可以看出当时对这部小说争议确实很大。巴老的话实际是把他的态度白纸黑字写了下来。他文学立场的纯正，思想的勇气，对真理的坚持，确实令人敬佩。

我与王蒙通过话，就赶紧跑到贤亮房间把王蒙的话告诉他。贤亮眼睛冒出光来，问我："王蒙真是这么说的？"我说："我能蒙你？"我把我和王蒙的对话照实又说一遍。

第二天贤亮就对华苓说，他有一份声明要念给大家听，转天晚间华苓约请国际写作计划的各国作家到她家里。大家都关心贤亮，所以去的人很多。贤亮向大家说，他对大家的关心表示感谢，并说他的作品在国内引起的争论是正常的文艺批评，现在中国不会搞大批判了，他是安全的，请大家放心。又说这些天有的朋友出于关心，要他留下。他说将来中国好起来，他有可能到美国来住上一阵子。

他的“声明”叫大家释怀，纷纷笑呵呵举杯祝他好运。

这个风波便过去了。

十一月我俩整理行囊准备返程。返程很长，先要去科罗拉多的大峡谷、拉斯维加斯，经西海岸的洛杉矶和旧金山，抵夏威夷，再往回飞。

行前头一天中午在聂华苓那里吃饭时，我们居然莫名其妙地没有话说，其实心情有点复杂，还有心中太多感情与谢意拥在一起不好表达。饭后我和贤亮走到她屋后一片林子里，这林子全是爱荷华一种特有的枫树，入秋变黄，并非金黄，而是鲜黄，叶片很大，在阳光里纯净耀目。爱荷华人种这种树像种花一样，很多人家在院里种上一棵，就是为了每到秋天像看花一样看树。我和贤亮从地上各拾了几片大黄叶子带回去。

第二天离开爱荷华时，又是华苓送我们到飞机场。待我们进了玻璃相隔的候机室，华苓忽把两只手放在玻璃的外边，我和贤亮各把自己的手放在玻璃的里边，对齐手指，这时才感到一种由心里发出的很热的东西穿过挺凉的玻璃彼此传递着。

有的地方即使再好，但命运中你只会去一次，像爱荷华。尽管它很多次出现在我的怀念里，但我已找不回昨天，我今生今世大概很难再去爱荷华了。

十天后我们一路奔波到达夏威夷。在夏威夷大学做一次演讲。行前，美国新闻局的官员在一间面对蓝蓝的大海的房间宴请我们午餐。他问我："美国——怎么样？"

我说："美国是个裸体。"

他一怔，笑道："很性感吗？"

我说："能叫我看见和不能叫我看见的，我都看见了。"

他问我："你回去准备写吗？"

我说："会写。"

他说："这是我们期望的。你怎么写都好。"然后端起红葡萄酒和我碰了一下酒杯。

他的话叫我一怔。我挺佩服他们，他们挺有气魄，不怕你说他们什么，只要你关心他们。

回到天津，我以中西文化的比较的思维方式，写了彼此观念的不同。题目就用了我对美国新闻官员那句话——《美国是个裸体》，还自绘了漫画式的插图。其中一节写了美国人的"电脑购物"，这就是我们今天的淘宝，美国人三十多年前就这么干了。

转过一年，华苓来了一封信，这封信还带着我们在爱荷华的气息，也带着那时的文坛与文学的气息。

骥才：

收到信，正是忙的时候。我在报上看到关于《神鞭》拍电影的消息，也看到《三寸金莲》出书的事，十分高兴。你编写"文革"的书，太好了！这种书，不但国内需要，西方也需要，相信可译成英文出书。《神鞭》和《三寸金莲》便中请寄下。

我逐渐康复；今秋虽休假，仍不得闲，还是摆脱不了IWP的人和事。但毕竟轻松一些了，常见到燕祥和乌热，两人全是好人，乌热温柔敦厚，很重感情，看得出来。阿城本在纽约，现已来爱荷华，他挺有意思，来后如鱼得水，很会自得其乐，现正在全心全力学英文，我为他作了特别安排。他也耽到十一月底，十二月初离去。今年由大陆有三位作家来此；台湾只有一位：王拓。他们全处得很好。

谢谢你寄下的照片，我非常喜欢，放在我面前书架上。你们俩是很美的一对，难怪你是那么一个忠诚的丈夫！我很佩服。

Paul的脚差不多好了。他现在又多了件心爱的工作：每天傍晚，手拿面包，坐在后门口，对着树林，轻声呼唤“唿——唿——”（即浣熊英文字的第一个音节）就有浣熊一个个从林子里出来了，在他手中吃面包，每次有十几只浣熊，大大小小，可爱极了。昨天他在吃晚饭，晚了一点，有只小浣熊蹲在窗外看他，那神情仿佛是说：“我饿了，你快来呀。”Paul一看到它，就感动得不知如何是好，放下筷子，就到后门口去喂它去了。

很怀念你们去年在此的时光。今年我闲一些，你们若在此，可以和你们更可以尽兴聊聊了。我在北京，总是匆匆忙忙，见到你们，简直不能谈话。

祝福你们！

华苓

十月十八日

那个年代的感觉和美好只有靠文字来记录和回忆了。

六、波涛汹涌

自 1985 至 1986 年，我感觉我已经被卷入洪流。相识的作家们好像个个都要做出惊天动地的事情，愈来愈多陌生和光鲜的文学新人一个个冒出来卷起大浪。比如一次出国前住在旅店里，《中国作家》一位编辑从包里掏出几本手稿，说要叫我吃一惊，他那神气像发现一位奇才。打开手稿，是一种三百字的小稿纸吧，上边钢笔字写得清楚又规矩——是莫言的《透明的红萝卜》。我那时还不太了解莫言。晚上看这稿到很晚，我被一种全新的文学感觉和才气震动了。转天编辑来说他们要组织好评论，只可惜我马上要出国，错过了。这小说发表立时产生极大的反响。我们刚创刊的《文学自由谈》便赶紧约李陀写了一篇评论，并且约到莫言一篇很有意思的随笔《大肉蛋》。那个时代真是很好，决不会埋没人才！你是人才就一定会冒出来，没什么阻碍，人们对文学的心态很正常很美好。所以说，二十世纪八十年代是中国文学的黄金时代。

马原将他那本八十年代作家集体的口述回忆，取名为黄金时代。这真是对那个文学时代再准确不过的一种感觉！再好不过的时代称谓！只可惜这个黄金时代有点短命，当然，这话题得另当别论了。

还有一次也错过了。1985年吉林的《作家》杂志约我写一篇文章，呼应韩少功的《文学的根》，也是由于出国在即——去爱荷华而错过了。少功是一位思想深邃的作家，他的《爸爸爸》打开了从未有过的文学空间。他对“根”——也就是文学与文化关系的思考与我当时的写作关系密切，我有话要说呢，可惜错过了没说出来，有点遗憾。

到了1986年，中国文坛两股文学大潮已成势头。一个是与西方的现代主义紧密相关的试验文学。一个就是寻根文学。使这两股大潮“愈演愈烈”的是不断带着力作纵身其中兴风作浪的年轻作家们。从两个大潮看，作家对时代和文学本身都能找到痛点和穴位，而且处于主动，可以随心所欲地在时代中创造自己——这是文学的

* 1984年上海首届文学奖上。右起：邓刚、王茅、我、张抗抗、邓友梅、陈渝庆、张弦

最佳状态。

1985 年我去爱荷华之前刚读了徐晓鹤的《院长和他的疯子们》，在京时还与李陀通了电话兴致勃勃地谈徐晓鹤。我是怀揣对中国文坛现状的激动去到异国的。记得在纽约随同郑培凯见夏志清时，认识了当时很年轻的查建英，知道她写东西，而且是陈建功、黄子平、黄蓓佳、王小平等人的北大同班生，北大那班学生真是人才济济。我把当时国内文学思潮波涛汹涌，她的同学们个个大有作为的“盛景”五彩缤纷地告诉她，她坐不住了，也要参与进来。

当时，我写了一篇为颇多争议的文学试验辩护和鼓劲的文章，发表在《文艺报》上。题目叫《面对文学试验的时代》。文章开篇我就“向壁虚构”出一个对手——旧的文学观，用作战的口吻写道：

到底怎样解释这一两年所谓的“新潮小说”引起的令人眼花缭乱的变化？我说，是进入一个文学试验的时代。

曾经，我们大家好像只爬一个大梯子。上上下下挤满人，高高低低又自然分明。今天好像换了一个玩法，每人都爬自己一个梯子。

梯子的式样结构都不同，看不出谁高谁低，甚至有人不用梯子，用凳子用砖块用绳子用轮子或者干脆不向上而向下刨坑打洞或者腾云驾雾翻跟头当孙猴子。你认为这么干才对，我偏不这么干。这早不是在模式形式方式上耍花招使法术布迷阵，而是由于对文学的本质功能价值目的这些基本概念理解不同，打思维方法到思维材料全都风马牛不相及。这样的独创性极强的作品一产生一出现，本身就带着它独有的审美特征，带着衡量它专用的艺术标准。就像一把锁带一把钥匙，相互不能借用。用衡量《你别无选择》的标准无法衡量《5 · 19 长镜头》，用衡量《一兮三逝》的标准无法衡量《小鲍庄》，用衡量《黄泥小屋》的标准无法衡量《红高粱》,用衡量《商州初录》的标准无法衡量《铃的闪》，衡量《北京人》，衡量《山上的小屋》，衡量《遍地风流》，衡量《老棒子酒馆》，衡量《黑颜色》，衡量《老井》，衡量《胎》。你想把这些作品摆个高低未免傻气还徒劳无益。换了锁就得找钥匙，你身上至多只有两把钥匙，即使一串钥匙也未必碰上一个正好。评论的职业真是愈来愈难干了。我们《文学自由谈》请一位新派评论家解释《归去来兮》。不久这位评论家来信带着一点懊丧说："我解释不出来。"我听了，笑了，以为这才正常。在文学试验的时代，那种全知全能一通百通无所不包的评论已经谢世了。谁也不可能拥有对各种各样作品各种各样文学现象的全部解释权。

这才是时代的进步。也是文学的进步。

判别作品再不用一把通用尺子，量高量低这高那低。靠什么？靠它们各自尺子所决定的各自的成败。过去是相互的高与低，现在是各自的成与败。文学试验的最大特征是淘汰率极大。

如此之多愈来愈多的人宁肯失败和被淘汰，还要一个个扎进这股文学大河的洪流中，绝不因为他们是傻瓜白痴狂徒冒险家异想天开的幻想者。而在于他们明确的当代意识，他们当代的生活观念与艺术观念。

《你别无选择》对开拓文学试验的作用，可能大大超出它本身的艺术价值。

这状况是创作界对批评界最大的压力。压力乃是一种激发，创作界平静地等待批评界的反映。一旦批评界知音般理解了作家，进而参与干预刺激教训这些不甘寂寞不甘平庸的作家们，我们的文坛

* 访问东海舰队，我兴奋地爬到上边站一站

会比现在更热闹更振作更起劲并有更多的成功之作爆出。

由这段文字便可看到当时文坛的热闹。那种风起云涌，锣鼓喧闹，自我张扬和不安于现状。创作的活力已经不可抑制。

那么在这样充满进攻性的思辨中，我自己的创作又是如何？

此刻我从自己已经确立的《神鞭》的文本方式，向前又跨出了一大步，就是《三寸金莲》。为此，我下了很大功夫。虽然，几十年在天津的土生土长，我不缺乏写本土小说的作家必备的功力，我是大半个“地方通”。我对天津历史、地理、风土、习俗、掌故、市井百态、民间传说乃至茶余饭后、鸡零狗碎，早已耳濡目染，储备充足，但“莲学”于我却是冷门。先前虽然读过一些相关的书，一旦钻进去还是一口深井。姚灵犀先生搜集“金莲文化”的四大卷百科全书式的《采菲录》，就足能把人绕在里边。小说又绝不是文献加上想象，还要进入那些历史的时空隧道里转转，找小脚老太太们闲扯闲话，寻找各种金莲的实物遗存。如果没见过绑脚的凳子就不会知道缠足手法的严格，不知道缠足器物的繁复就不知小脚女人苦楚之深，以及“金莲文化”之刻毒。只有翻尽种种放足时代的文献，才知道放足之难——难于缠足。有幸的是，那时结识到一位在台北县广川医院行医的外科医生柯基生先生，他是从解剖学和人类学角度研究“金莲”的专家。早在八十年代就在大江南北撒下一张大网，专心收集金莲史料、文献和各类实物，那时大陆的古董市场刚刚放开，他买这些东西时出资并不昂贵，所获之丰之广难以想象。连姚灵犀先生因编著《采菲录》“有伤风化”而锒铛入狱时所写的“感言”原稿也弄到手中。更别提阎锡山处罚缠足女子的禁令，时尚男子“不娶缠足女子协会”的胸章，各地各类各式的金莲，还有繁琐不堪的缠足工具和匪夷所思的缠足女子的生活用品，几乎网罗殆尽。他知我要写这样一本小说，对我倾尽全力地支持，供给我大量资料。我去台北访问时，他跑到我下榻的来来大酒店看我，送来很多文献复本和珍奇的缠足历史照片。我抱定一个想法，就是我写这本书时，一定要在史料上占有绝对优势，使别人难以“出其右者”。

只有身在这样的金莲文化里，才能感知到金莲的荒诞、离奇、残忍和丑恶，才能深知文化负面的极致是文化的畸形，才能懂得“丑”

之所以能畅通无阻，一定穿着“美”的衣衫。而我从这里获得的最大的思想快感，是对现实深刻的观照，从而获得了一种意象。我要把这个意象作为这部小说的内核。

进而，我找到这部小说的特征和写法。我要努力通过金莲文化的繁琐、密集、苛刻，使这部小说有一种密不透风的压抑感；我有意将同音、同义或反义的词与字排列在一起，让小说的行文有种缠绕感；我还夸张地使用华丽的金莲“物语”，构造出这部小说特定情境的光怪陆离。当我用几百字把缠足的全过程——从这个脚趾到那个脚趾再绕过脚面而后返上脚背等等，不加一个标点地写出来，才能表现出我们文化的负面金科玉律一般令人窒息的感觉。

我在《我与阿城说小说》中这样说：

> 我写《神鞭》《三寸金莲》这类小说，不单写神写奇，还诚心往邪处写，因为我写的是天津。天津这地界邪乎，愈邪乎愈提神愈起劲。天津人有股子邪劲嘎劲硬劲戏谑劲，是种乡土的“黑色幽默”。不邪这些劲儿出不来，一邪事情就变形了，

* 新华社记者杨飞以我的一句话『你说我为什么写《三寸金莲》？』为题拍了一张照片，以启发人们思考我的写作宗旨

它的包容性和象征性就大了，好往里边放东西。

但是我有一种心理准备，这样的小说可能仍然不会被认为是一部现代小说。

因为我没有显而易见地采用西方现代主义那样的文本与叙事。我的原则是，想象可以肆无忌惮，但生活血肉必须是真材实料，必须合乎事理人情。比如《西游记》，它不能再荒诞了，但它合乎人情事理，这是中国文学的传统。西方的荒诞是纯荒诞，中国的荒诞却要合乎人情。《聊斋》也是如此。一个民族的文学传统也是阅读的传统。我之所以要在自己的小说中坚持这样的传统元素，是因为我必须使我的小说能够让读者读懂——这正是我的一个朋友说我的小说观没有彻底解放的原因，而我的道理却是我在《神鞭》的结尾中说的一句话：辫剪了，神留着。

我和年轻一代是不是有代沟？当然有。有一位上海批评家吴亮说我的这类小说立意本是"反传统"的，但是当我真的去触及传统时又被传统所迷恋。

这句话给我以触动。

这可能是我们这代人最终走不出来的历史局限吧。

历史局限正是一种时代特征吧。

可能为此，我对传统文化负面批判不够坚决；也可能为此，二十年后我对传统文化保护时反而表现得异常坚决。这是我对传统文化非常复杂的一种心理上的情结与症结，这个问题我要在后边的一本书《漩涡中》（1995—2015 年）进行深入的自我剖析与追究了。

还有一个问题，在《三寸金莲》出版前我就想到，由于它更具意象性、象征性、隐喻性，主题的多层意义，再加上金莲文化内涵的深邃，它可能比《神鞭》更不被理解。所以，我在小说开篇时特意写了两句话：“人说，小脚里头，藏着一部中国历史。”我的意思是，请不要把三寸金莲只当作小脚看，里边还藏着许多东西呢！

谁知这话没用，出版后在《收获》上发表后，立即招来的强烈的批评并不亚于贤亮的《男人的一半是女人》，甚至更尖锐更猛烈，大有一种群起而攻之的势头。远在还没有被划入历史小说、通俗小说、市井小说、津味小说等等之前，就先被列入“争议小说”之列，说这部小说“恶心、肮脏、丑恶”，甚至有人说我有“莲癖”，就像当初有人说贤亮是“性变态”。有人告诉给我，我则笑道：“这么感觉这部小说倒是对了！如果觉得这小说很美，很迷人，很过瘾，那才是骂我。”

这期间，虽说是争议，却没有一个人站在我这一边。这表明对我的批判势头已经是占有压倒之势，也使我看到文坛已经不像八十年代初期那么纯洁了。有一次上海有个叫《书友》杂志的编辑问我有没有批评《三寸金莲》的读者来信，如果有，希望能给他们两封发表。我说:有,而且不少。我从大量读者的批评来信中摘出十四封，都是骂得非常厉害的,统统寄给《书友》,叫他们一并发。我恨不得“朝我开炮”。可是《书友》看过信,却一并退回来,说如果他们发表了,担心有损我的“作家的形象”。我很奇怪，问他们：“作家形象需要维护吗？作家不应该存在于社会不同看法的中间吗？”

于是，我干脆自己出来写自己。我先后写了两篇文章：一篇叫作《我为什么写〈三寸金莲〉？》，一篇叫作《带血的句号》。自己

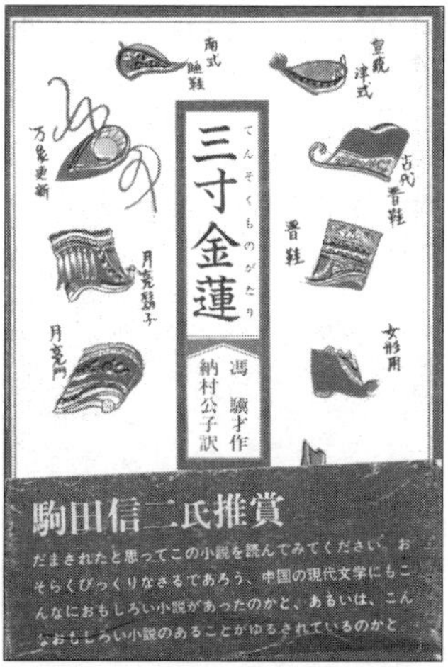

* 《三寸金莲》的几种外文译本。美国夏威夷出版的《三寸金莲》（英文版）是较好的外文译本，曾获奖

站出来说明自己，这样做挺没劲，但出于无奈，只能如此。我讲了如下的话：

作家最尴尬的事是别人误判了你，作家最痛苦的事是没有知音。

所以鲁迅先生说“人生得一知己足矣”。

一次，在民进的会议上，一位党的前辈楚庄先生——他是楚图南之子，读书很多，思想锐利有刃，他见到我时先送我一套民国间石印的《九尾龟》，然后对我说：“近来读了你的《三寸金莲》。”我听罢，眼望着他，等待他发议论，谁知他什么也没说，只给我一个信封，并说了一句，“回去再看吧。”

我回去打开信封，见里边一张一尺半见方的宣纸，上边用毛笔写了四句诗：

稗海钩沉君亦难，
正经一本传金莲，
百年史事惊回首，
缠放放缠缠放缠。

* 《三寸金莲》手稿

读了这诗，我心里轰然一热，心想知我者，楚庄也。

后来，一位研究戏曲史的老友张赣生告我，一次于光远先生对他说他刚读过《三寸金莲》，连连称好，还不断发出感叹，此外什么也没说。我却知他也是懂得我的。有趣的是，这些看懂小说的人都不是文学界的。

较长一段时间后，高光先生在《随笔》发表了一篇关于《三寸金莲》的读书随感，题目叫作《缠缠放放放放缠缠》，这才算把我这小说的内核公开拿出来了。主流评论界却始终哑口，这里边的微妙我自然心里明白。

此后便是这小说在海外的发酵。虽然海外陆续有了几个译本，英译本还在美国获奖，译者二人，一位是美国的历史学者，一位是诗人杨炼的父亲。据说译本极好，我却相信它一定会得到更多误判。待到九十年代为了这个译本，夏威夷大学出版社约我去美国转了几个城市和大学演讲，在读者提问时听得出不少人是站在东方主义立场上而对这本书发生兴趣，因知在海外对我这部小说大多还是误

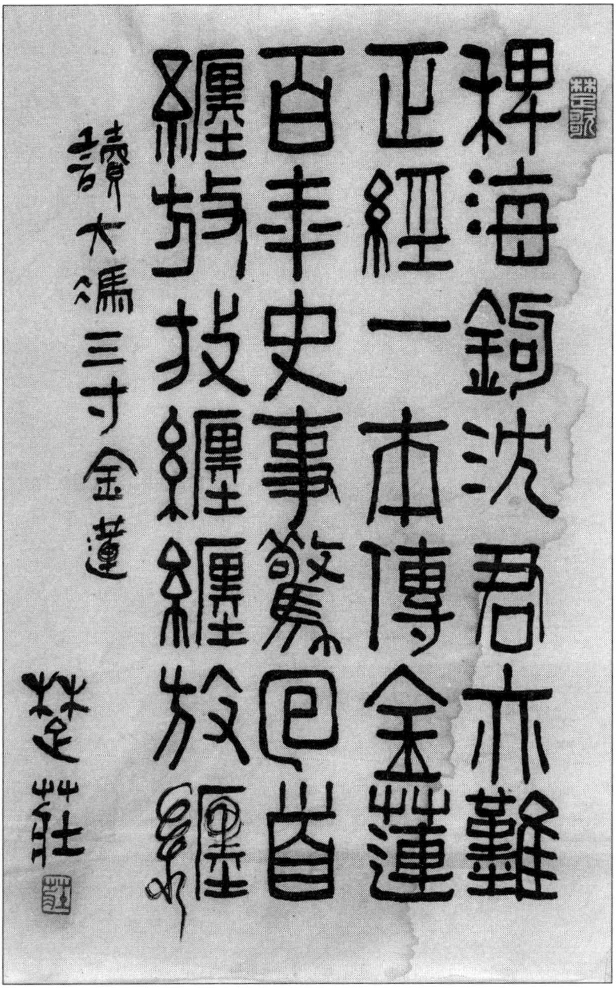

*《三寸金莲》是我最受争议的作品。在各种褒贬中，我最欣赏的是楚庄先生的一首七绝。我称之『知己诗』

判——一种站在文化偏见上的误判。这才明白，这部小说在地球上是很难找到几个知音了。

尽管1984年来我一直在文学的大江中只身孤游，时而感到热浪拍身，时而觉得寒流袭体，却以为这才是一种真实的文学生活。文学既是个人的追求，也是时代精神的潮流。我喜欢那个时代，喜欢那种在群泳中看到远近的浪花飞溅，也喜欢在波涛里独自地沉浮，更喜欢在汹涌澎湃中个人随心所欲地翻转。

那时候，我去北京少了，各种信息却不少。我更喜欢把话筒从电话机上摘下来，好让自己内心里的声音更单纯。

七、世间生活

1986年那年我四十四岁，身体强壮。一次从北京回津，车站放着一个行李秤，时有人跳上去称体重，重量极限是一百公斤。我也跳上去，指针一下到头。这表明我至少一百公斤了。

此时我的身体已经完全恢复。除去偶尔去参加出版社和杂志社组织的作家笔会，或是出国，大部分时间都伏案写作。我生活在云峰楼的高层上。由于访者不时叨扰，便将两个单元房屋按功能分开使用。独单用来写作兼待客，偏单用于一家三口生活起居。独单的门板每天被访者敲个不停，便在门口贴一张纸写着“电话预约，请勿敲门”，下边署了姓名。谁知刚贴上一天就被人揭走“收藏”了，便改用黑笔写在门板上，不敢再署名。这样做并不完全解决问题，还是有人硬敲，我就躲在屋里不作声，坚决不开。

那时已经开始安装私人电话了，打长途还必须由人工台转接。有了电话，生活就全变了，就像今天的手机。信息多了，联系方便了，事也多了。

1986 年我从德国回来途经香港买了一台录像机，生活多了许多焕然一新的色彩。因此还招来一次小偷破门而入。那个被窃的经历现在说起来更像一个传奇故事。只是我一生的传奇太多，这个小传奇不必再提。

我的作品是新时期最早被译到不同国家的作家之一，出访的事儿自然挺多。出访最喜欢的事是买些国外新奇又有趣味的艺术品带回来，交给妻子，任由她凭着感觉放在我们的新居内一个别致的地方，再有便是带回一些好听的音乐与歌曲的磁带。那时儿子正迷杰克逊和西部乡村歌曲，我家天天响着这些音乐。唯美主义从来就是我们家庭的生活信仰，而且这些艺术品还有另外一种“功能”，就是偶尔会唤起我一段海外旅程的回忆。

口袋有点钱了，我却不会奢侈。一辈子没进过歌舞厅，最大的

＊ 八十年代没有间断的一种爱好

嗜好便是钓鱼。而只有钓鱼能叫我的大脑完全由人间变成大自然。我的钓友有好几位，都是高手，最密切的伙伴是妻子。我喜欢长竿或甩竿钓大鱼，因为贪大常常空手而归，妻子喜欢用小竿，在池边苇丛中钓小鲫鱼，可是碰上大鱼就连喊带叫，还得我上手接过竿来。我最喜欢那个年代的钓鱼生活，天还没亮，一辆“黄大发”车就开到楼下，我们兴冲冲下楼爬上车，老钓友们在车里等着。一路开出城外，还要与钓友斗嘴，彼此奚落对方的钓技不行。通常是先在路边寻一个早点摊，吃上喷香的热大饼卷着刚出锅的油条，喝一碗热豆浆，然后直接把车开到水塘边。水面的晨霭还没散呢，就把鱼钩锁上食甩下去，清晨是最上鱼的时候。那时人年轻，不管战果如何，一天下来，钓兴犹然不减，常常收竿时，钓丝上的水珠闪夕照，脸颊晒得通红。回家后第一件事就是把鱼分给楼里的邻居们。

虽然我住的云峰楼高层算得上城市最早一批单元式公寓。但那时的人们还保持此前大杂院的生活习惯，彼此不冷漠，容易融洽，而且很快就相互往来了。我住的八层，总共七户。除去我，其他三户是干部，一户大学教师，一户公务员，一户是退休职工。不多时候楼上楼下也有些人家熟识了。偶尔还会上门借工具，打听事情，介绍保姆，也有的来借电话一用。外出时还会彼此托付照看一下。不像今天的邻居相互戒备和保持距离。今天是金钱社会，那时还不是；今天冷冰冰，那时的人间还能够感受到温度。

生活随着社会渐渐转变。

随着我在文学方面影响的扩大——作品的版本日多，获奖连连，作品改编成影视，《爱之上》啊，《走进暴风雨》啊，《意大利小提琴》啊，《神鞭》啊……一些从来不曾与我相关的种种头衔与职务挂到了我的身上来。不去争取，也不用争取，它们都是不请自来。人们常说的那种“官运”自然而然加入到我世间生活的合唱中，不管和谐还是不和谐。比方那时好几个党派都来给我“做工作”，邀我加入，我还不知道党派做些什么，此前“文革”时是没有党派的。后来翻译家王汶来找我，她是民进成员，并说傅雷、冰心、叶圣陶也都是民进成员，所以希望我加入民进。傅雷和冰心在我心里有很高位置，于是我说那我就加入民进吧。哪知道日后我会当上民进的“副主席”，还真是个不小的头衔呢。而且渐渐明白，这些头衔与职务是相互推动的，比如我在文学的影响，比如在作协和文联的职务，加重了我在党派和政协中的分量；而在政协和党派中头衔的提升，反过来又使我在文学组织中更具代表性。这样推动来推动去，我的头衔愈来愈多，头衔级别也愈来愈高。

当然，文联作协这些组织看中我，还因为我有较强的社会能力。“文革”十年中我做业务推销员时的磨砺，在生活底层的重重压力下练就的排难解纷的种种“本领”，事后全成了我的社会能力。我遇事比较有办法，不怕麻烦，不怵头与各种人打交道，这都是给过去的苦难逼出来的，并不是我的“天赋”。要说“天赋”，便是我对公共事业比较关切，对社会总有一种热心。所以当这些社会文化事业需要的事情落到我身上时，我会很自然地承担起来。那个时代，我对生活的未来满怀希望，甚至激情四射，所以每年两会时，我都会情不自禁提出许多个人的想法与意见。

从 1983 至 1988 年，政协开会是两周以上。政协文艺界的人以老一辈居多，巴金先生岁数大了，又担任政协的副主席，不参加小组会。自 1984 年韩美林进入政协，贾平凹、潘虹、王馥荔、魏明伦、

＊ 我创办的文学批评刊物《文学自由谈》1985年11月创刊

周克芹、刘晓庆、杨丽萍、资华筠等等也都陆续加入进来。那时年轻一代发言最多的要算贤亮、我和魏明伦了。我们说话胆子大，往往发言让一些老先生不大爱听。那时的文坛受“文革”的影响还有“左”的思想惯性；其实，“左”是一种思想立场，凡是从思想出发的人都不会轻易放弃自己的立场，甚至表现得很固执、很坚定，也很纯粹，这反而刺激得我们几个血气方刚的“年轻委员”——实际已是中年——故意说出一些带棱角的话来。魏明伦还把这种感觉用调侃的口气和他老辣的文笔写成文章发表在《文汇月刊》上，引得文坛不少人看后称快。于是我们这几个“年轻委员”成了记者们追逐的对象。贤亮那时春风得意，作品有影响，年富力强，风度翩翩，尤其招惹女记者追寻。他喜欢穿西装，天天系领带，晚间一定要把裤子折好工整地搭在椅背上，裤线一定要对齐，我笑道：“不用这么费劲，每天早上用牙咬一下就行了。”

我喜欢调侃他，他也喜欢我的调侃。这因为他的嘴不刻薄，每逢我调笑戏谑他，他不还嘴，只是憨笑，反而显得厚道。因而招来一位女士说：“叫大冯这么一逗，贤亮就更可爱了。”所以每当他有聚会总要拉着我同去。

我和贤亮的故事够写一本书，只是这里不能让他占太多的篇幅。

政协期间，好友们必要参加的一个快乐的聚会是在韩美林家。那时美林家在沙滩中国美术馆的对面。美林是山东人，重情尚义，喜欢热闹，豪爽好客，大家在他家无拘无束，弹琴唱歌，说说笑笑。他常常兴致一来，挥笔作画，一人一幅。有时还把新烧出来的钧瓷往每人怀里塞一件，叫着："不拿白不拿。"每次都尽量叫朋友们尽兴而归，满载而归。我妻子说："美林叫人高兴他才高兴。"

政协里的生活水平也在随着生活的提高而改变。最早那种一桌四盆菜，换成了桌餐，晚餐时可以饮酒。有两位老委员常常手拎着一瓶酒进入餐厅，一位是谢晋，一位是杨宪益。住房也渐渐换成两人一间了，何士光搬走了，与周克芹同屋，他俩很合适，都爱不停地吸烟与聊天，因之常常在烟雾缭绕中清谈不已，好像两位山间隐士。我和贤亮一直同居一室，贤亮喜欢在屋里搞"小型记者会"，高谈阔论，我俩真给国家的改革和文化建设提了好多建议。比如那时提的"国家应建立金字塔式文化结构，养育和彰显当代文化高度的金字塔塔尖”。这个意见一直提到今天。在政协我明白一个道理，只要你以为自己的意见对，如果没引起重视你就年年提年年喊。

这期间，文坛上很多作家都被安排到相应的文学部门供职。邓友梅主管中国作协的外事工作，从维熙坐镇作家出版社，刘心武担任中国作协最重要的期刊《人民文学》的主编。我们那代有影响的作家基本上都在各地作家协会或文联挂职。这是中国的体制，也是一种游戏规则。最大的标志性事件莫过于王蒙担任国家文化部的部长。让一位名作家担任文化部门部长应该是极好的选择，也是文化走向健康发展的表现。“文革”前是茅盾先生任文化部部长，王蒙担任文化部长在社会引起很好的反响。然而我们这些文友担心的是王蒙会不会因此与写作挥手告别？

一天在京开会，我和贤亮、邓友梅约好，去王蒙家看他。那时王蒙的家已搬到虎坊桥一个挺大的公寓式单元里。王蒙真是一个绝顶聪明的人，他知道我们的心里是怎么样想的。待我们进了他家，他爱人崔瑞芳大姐笑眯眯地说：“王蒙在等着你们呢，你们进去吧。”

王蒙从屋里手拿着一张纸出来，不等我们开口便说：“我刚把

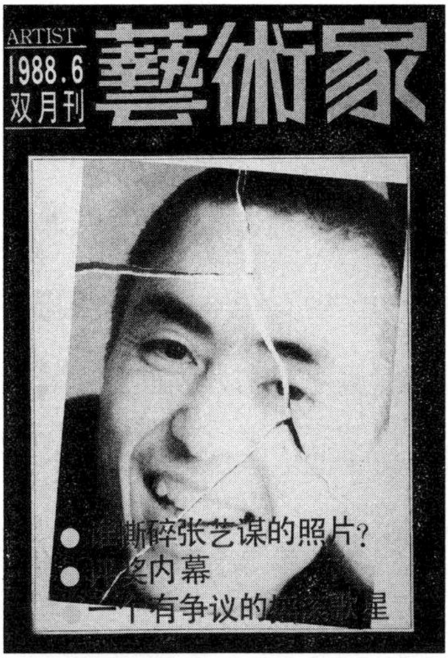

* 我创办的《艺术家》和发表的文章《谁撕碎张艺谋的照片？》

本刊特稿

●冯骥才

谁撕碎张艺谋的照片？

附：观众给张艺谋的信（一组）

电影《爱情故事》主题歌的歌词译完，你们听听我译得怎么样？”他便拿着手中的译稿，五音不全地唱了一遍他翻译的《爱情故事》。就在社会上对他出任文化部长议论纷纷时，他竟在家里翻译美国电影主题歌的歌词。我忽然明白，他就用这办法，巧妙地回答了我们对他当上大官后会不会失去自己的疑虑——他依然自由和潇洒。

邓友梅玩笑似的说：“我还是担心从此中国多了一位懂文化的大官，少了一位作家。”

王蒙笑着反击一句：“我不会像你那么低能。”

当时我想，确实他有当部长的本领，除他真的没有别人。

1988 年夏天，向来与我无关的天津市委组织部通知我去山东烟台的芝罘参加一种高级别的专家休假，条件极优，可以带夫人。这个规格未免太高。那时没听过“专家休假”，更没听说可以“带夫人”。到芝罘一看名单吓了一跳，全是国家电子、核能、超导、激光、数学以及司法、哲学、社科等方面一流的专家。文艺界除去我还有邵燕祥、王立平和陈颙。在与他们一同休假的半个月里，渐渐相互熟识。王立平的歌曲我十分喜欢，更喜欢他这个人，性情亲和又善解人意；以前不认识，从此成好友。还有一位是中科院物理所研究超导的专家赵忠贤。我们三人性情相投，常在一起说说笑笑，一同唱王立平的《少林寺》和《送战友》，很是开心。

我是不愿意白白浪费时间的。我给此行的空闲时间安排了一项工作，就是为我的一本日译本小说写序。到了芝罘白天活动，晚间没事，拿出两个晚上就把这篇序言写出来。余下的几个晚上干什么？

其实，较长时间以来，我已经动手启动一个很大的写作计划——就是《一百个人的十年》。关于这个写作计划的构想，我会放在后边专门说一说。到了这里我发现这些专家都是难得一见的，从年龄上看他们肯定都是“文革”经历者。何不抓住这个机会，从这些科学家中寻找一两位有典型意义的人物来做口述？一经深谈，便知这些被邀请来的专家不仅是各自领域的佼佼者，而且阅历很深，人品端正可靠。于是在余下的几个晚上我就开始对一两位专家进行“‘文革’经历者”的口述了。

在与大家的接触中我渐渐明白，这次休假实际上是国家层面上一种深度的人事考察，所谓带夫人也是对这些考察对象进行一种“家庭调查”。工作人员都是中央组织部门的，他们在为下一届政府部门的高层人选做预备。从这些人选看，组织部门还是颇具眼光的。于是我想，我可能也要面临一次被选择，我有点担心。但是我这个担心很快就在我的身上应验了。

其实早在一年前，天津市文联就让我代表主席团驻会主持工作。那时各地文联作协都是由著名的文艺家主事。文联主席是李霁野先生。李霁野是五四运动时鲁迅先生扶持的未名社的重要成员，《简·爱》的译者，他是南开大学教授，然而他年事已高，无法胜任文联的工作，其他副主席如曹火星、王莘、秦征、王学仲等也都年逾花甲，副主席中我年富力强，又有社会影响，就请我当班。我那时确实精力充沛，对城市的文化有热情，也想为城市文化卖点力气。当时天津文联的原址——胜利路北侧的两座租界时代的尖顶小楼已经拆了，说是要给文联盖新楼，但迟迟未能动工。文联和下属各协会像无巢的群鸟，分散在城中不同地方租房办公。文联还好，

* 这是1988年民进中央主席团会合影照。前排左起：邓伟志、楚庄、叶至善、赵朴初、雷洁琼、陈舜礼、梅向明、我。有趣的是，我那时居然穿着牛仔裤

在海河边原法国领事馆旁租了一座很气派、带花园的老楼，楼里各个房间全是租界时代进口的老家具，颇有味道。我到文联后雷厉风行，先开会说明我对自己的“约法三章”：一、不要文联所有补贴；二、在文联复印个人的文稿自费（每页一角五分）；三、不在文联报销出差费和宴请饭费。我的想法，并非“清廉”。我那时的想法确实很单纯，因为听说巴金先生因公的一切花销都是自费，而且从来不领取工资，我崇拜巴老，也想做个洁身自好的知识分子。我同时还有个条件就是不参加市里有关政务方面的会议。开会的事是文联书记和秘书长的事。我的理由是我非党员，只负责业务上的事，对城市的文艺事业负责。

我随即抓两件事。一是办刊物，我认为刊物既是团结艺术家的阵地，也是一种思想和权威的表现。文联的编辑能力很强，也很专业，很快就把两个刊物办起来。一是文学批评刊物《文学自由谈》，一是艺术杂志《艺术家》。在这两个刊物中我把对文艺事业的思考鲜明地放进去。特别是《文学自由谈》。我认为评论界太官场化，批评不自由，创作无法自由。这期间全国作代会刚开完，会议主题就是创作自由，评论家阎纲还写了一篇文章《评论也应当是自由的》，影响很大。我在《人民日报》上也发表了一篇文章，叫作《让心灵先自由》。

我对《文学自由谈》的宗旨是“文学自由谈，自由谈文学”。并且还自定一个戒条“只能发表批评我的文章，不能发表赞赏我的文章”。这使北京一位作家说：“大冯真坏，这一来他的刊物骂谁都合法了。”

在办《艺术家》时，我叫编辑去找张艺谋，告诉他，我要把他的照片撕碎放在封面上，张艺谋开始不同意，说这不吉利。我又叫编辑去转告张艺谋，现在文艺界对他争论很大，我们办了这期刊物是要把舆论争论变为正常的理论讨论。为此，我还专门写一篇文章题目是《谁撕碎张艺谋的照片？》，以期人们对张艺谋电影观认真的思考，推进艺术批评和社会思想的开放。张艺谋同意了，给了一张照片，拿来我就撕了，印在封面上，这期《艺术家》立刻受到社会与文艺界的关注。

我同时致力做的事是盖文联大楼。没有文联大楼，文艺家到哪儿去活动去交流？我知道文联这么久盖不起来大楼，是机关里没有“能人”。我跑到塘沽区和汉沽区的文联“请”来两位办事的高手，乍一听这两个人的姓名好像哥俩儿——唐云富和唐云来，其实两人没有任何血缘，人却都十分能干。他们很快把基建班子成立起来。我把自己的一笔稿费三千元交给基建班子，叫他们去应酬城管、街委会、派出所各种找茬和敲诈，给他们买烟买酒，或请到小饭铺里吃一顿。那时一顿饭不过二三十元。

怎样才能把盖大楼这件事有力地启动起来呢？我的运气不错，正巧市长李瑞环同志召集文艺界开会。我在会上突然问李瑞环：“市长，您知道天津哪儿的蛐蛐最大吗？”他被我这不着边际的话问愣了。我接下来说：“就是我们文联大楼那儿，老房子拆了两年没盖，废墟还堆在哪儿，里边的蛐蛐多着呢。”李瑞环何等聪明，他立时笑了说：“你不就是要盖文联大楼吗？给你六千平米，五层，盖吧。”我一听兴奋了，我要抓住这个机会叫他把这件事说实了，把事情落实了。我说：“我文联可有三十万册书，老报纸就六百多种。放在哪儿？”他说：“重的放在下边。”我说：“放在一楼可不行，一楼

*马三立说：『你「冯」字比我多一匹马，你更累。』

太潮，书不能受潮，再说我文联作协还有几辆汽车呢。”他说 ：“一楼做个车库，书放二楼。怕重下边就多加几个腿儿（柱子），一点问题也没有。我是盖房子出身的。”我又说 ：“楼里还要一个排练厅，也可以搞小型艺术展览，一个实验剧场。”他说 ：“怎么用你们自己决定，给你们六千平米，够你们用的。”我故意问他 ：“市长您今天说的算数吗？”他笑了 ：“我是市长，说话当然算数了。”我心里一块大石头落了地，就像头年政协会上妻子来电话说我家新房的钥匙拿到了那样。

事后我想市长在会上说的话，下边的政府各部门怎么能听到？我就托人找来开会的录音，复制几盘，分别送到建委、计委、规划、财政等部门。但人家说只有录音不行，还得有正式红头文件，我就给市长写封信，在信中说 ：“我对我小说里的人物有办法，但我对您政府的人毫无办法，还得您说话。”李瑞环市长就在我的信上作了批示 ：“文联大楼到了非盖不可的时候了。毛昌五同志负责办理。”有了这个批示，天塌下来也不会变了。

可是我又听说盖一座楼最费劲的事，要经过方方面面的审批，涉及政府相关的部门非常多，建设、房管、市容、电力、自来水、排管、公安、交通、施工等等，至少要盖三十六个机关的图章才能动工。我就去找毛昌五。这次是为公事找他，不用再提心吊胆，而且理直气壮。毛昌五这个人还是很好，他在市政府召集一个会，叫盖文联大楼的相关单位都来一位负责人，而且都要带着图章来。会上先让我讲话，我先代表文艺家向大家鞠个躬，说了一番热情的话，毛昌五便把李瑞环市长的意见讲了，跟着让负责人在一张备好的关于建造文联大楼的文件上签字盖章，两小时就把事情搞定了。这事当时很轰动，人们都说还没有任何一个楼是这么把手续办成的。

此后一年多，我几乎和这个楼捆在一起。我家与盖楼这个工地方只有一街之隔，我一有空闲，就到工地转转。有时一天来两趟。出国回来先到工地转一圈再回家，恨不得大楼马上立起来。施工队的邓队长很有趣，他在工棚一个柱子上划“正”字，我来一趟他划一笔，一个正字五笔，等到文联大楼盖起来时，他把他划的正字数了数，我竟然一共来了四百多趟，他说我“比老爷们儿等老婆生孩子还急”。

1988年的夏天《文艺报》一位女记者对我说，她在火车上与一位知名的特异功能者聊天时谈到我，那位特异功能者说我今年秋天会有三个头衔挂在身上。这位记者来天津时对我说了，我向来不信什么特异功能，只当是玄谈或笑谈，谁知竟然叫这位“异人”说中，对于这件事我至今还是个谜，仍然以为是这位记者从某位高层官员那里听来的“秘密”。这三个头衔：一是中国文联的副主席，一是民进中央的副主席，一是天津文联的主席。可是前两个头衔都是差额选举，票数不够就会被差掉。那次中国文联选举，当选的主席是曹禺先生，副主席是吴祖强、靳尚谊、李瑛、谢晋、才旦卓玛、夏菊花和我等，一位名画家和一位戏剧大家落选。民进的选举是由大会“直选”主席和副主席，我完全没想到我会在民进中央任职，主席雷洁琼，副主席赵朴初和叶至善等都是德高望重的人物。我和社会学者邓伟志都是在激烈的争议中当选的。民进的会员对我了解不多，只知道争议小说《三寸金莲》出自我手，很多人对我投不信任票，我差十八张票与这件事无关。我是在当选的庆贺会上，做了一

＊ 1988年初，天津文联大楼奠基

番即兴、真诚、直抒己见的讲话，才叫大家略略放心。

虽然我有了这几个头衔，但都是虚职，挂个名而已，没有任何实际意义，这反叫我觉得不受什么约束，挺自由。这中间只有天津文联主席略实一些，不过我声明文联的人事和财务与我无关，调什么干部，花什么钱，我都不管，我只在文化事业上发挥作用。文联主席是不上班的，我照旧写我的东西，该干什么干什么。

1988 年夏天，京津两边都有传闻说我要调到文化部做副部长，开始我以为只是谣传，渐渐我开始担心山东芝罘那次对我的考察是不是有反应了。过些天，统战部在京召开会议时，一位副局长聊天时问我愿不愿来京工作，我马上感到前些天的传闻并非虚妄，我便即刻做出“一口谢绝”的反应。我说我这个人是性情中人，自由散漫，不适合在政府工作。不久，文化部常务副部长高占祥约我去北京一趟。我便穿一身牛仔服和一双白球鞋去了，我故意表示我与可能要去的地方格格不入。据说我这身行头发挥了作用。当天就被文化部里的干部们传说“一位穿牛仔衣的副部长要上班来了”。

那时文化部的部长办公不在大楼内，而是在大楼西侧的一个古典的宅邸——孑民堂。这地方平房回廊，花木掩映，还有池塘山石，很幽雅。我被引入高占祥部长的办公室，聊了一会儿。

记得高占祥对我说："王蒙希望你来。"还说，"部里的工作井然有序，层层负责，不会影响你的写作，王蒙不是还在写作吗？"

走出这王府小院，途经一处房舍时，屋里幽暗，隔着窗纱看不见里边任何东西。陪我出来的高占祥的秘书罗杨对我说："将来您可能就在这屋里办公。"据说这是英若诚的办公室，他面临退休。我忽然感觉如果我到这里工作，那种生活一定是镇静、严谨、肃穆、刻板、乏味，照章办事、循规蹈矩。完全没有我一向的自由自在，喜欢干什么就干什么，想说什么就说什么，想去哪儿就去哪儿，我将选择和被选择这么一种活法活着吗？我自离开学校从来没上过一天班。球队、画画、骑车到处跑业务，然后是拿着笔自由地想象，即便在文联也还是想做什么就做什么，很少开会或开会时逃会。我像一只麻雀活在人世上，麻雀是野鸟，一进笼子一天也活不成。我决不能从此被改变，我回到天津曾打电话给高占祥说一辈子不会做官。我下了决心，我要主宰自己。

八、海外纪事

我八十年代出访的缘由，基本上都与文学有关。尤其 1985 年从爱荷华回来之后，出访愈来愈多。这是作品逐步在海外传播与发酵带来的。但是，由于我不会外语，交流起来吃亏太大。一次在德国，邀请单位给我安排了一位金头发、学中文的德国女孩做翻译，她连我的话都听不明白，她和我交谈时经常驴唇不对马嘴，比如她要告诉我“晚上你要和一位小说家吃中餐”，竟说成“晚上你要和一位小画（话）家吃中饭”，叫我莫名其妙。这期间与德国一位名作家见面，我开的玩笑对方毫无反应，甚至皱起眉头，不知道这位德国金发女翻译翻成什么了。结果谈了二十分钟，名作家就站起来客客气气与我握手告别，显然他认为与我谈话索然无味。这使我想起与贤亮在美国演讲时，我们在两座大学讲同一个题目和内容，效果截

＊ 1986年访问联邦德国，此为在汉堡的演讲会。题目：文学·隔绝·交流

然相反，在前一所大学演讲时反响十分热烈，后一所大学的反映却平淡无奇。我感到奇怪，经一位在场的中国学生一说才明白：后一所大学的翻译太差劲了，概念全搞错了。

如何超越语言的障碍是我几乎无法克服的难题与烦恼。

1986 年德国的迪特里斯出版社出版了我的中篇小说《啊！》，波鸿大学的汉学家马丁约我到汉堡、波恩、波鸿、科隆等城市做关于这本书的演讲。那天在汉堡演讲后，当晚我必须留在汉堡住一夜。主办者说我有两个选择：一是住在经历传奇的华裔作家关愚谦家，一是在主办者的秘书茹次先生家住一晚，不过茹次是德国人，他们家没人会说中国话。我想又碰到语言障碍了，可是这时我心里忽然冒出一种挑战欲，我说我去茹次先生家。关愚谦说你语言不通怎么办，我说我想尝一尝在一个语言完全不通的德国人家里住上一晚是什么滋味。于是，茹次开着车带我穿过森林与湖区到他很远的郊区别墅。他有个温馨的家，美丽的妻子和可爱的女儿哈娜。我和他家人用眼神说话，用手势表达，用声音交流。中间他主动叫我用他的电话给我妻子打一个越洋电话，并且还跟着他一家人跑去参加他妹

＊《感谢生活》的法文版译者玛丽·芳斯

妹的生日晚会。第二天告别时，他可爱的女儿居然哭了。我回国后以此写了一篇散文叫作《哈娜哭了》。由此我明白，人性才是最好的交流。因此，这些年我在海外交了许多语言不通的朋友。

在西柏林，出版商迪特里斯在他的女友霍丝的客厅里为我的小说《啊！》举办一个朗读会。霍丝很有品位，她在自己那间宽大的老式客厅里放了几十把高背椅子，有沙发也有丝面坐垫的古典木椅，大厅没有开灯，在高高的椅背中间立着许多蜡烛。闪动摇曳的烛光营造出一种让人生发联想的氛围。她还用唱片机播放一首风笛演奏的乐曲，声音悠远又凄凉。那天晚上中国驻德使馆的几位年轻的外交官从伯恩开着车来参加这个朗读会，其中有文化参赞诗人孙书柱。我通过孙书柱告诉霍丝，音乐太美了，我快流泪了。霍丝很高兴我喜欢这支非常切题的乐曲。第二天我起早上路，发现我的行李袋插着一样东西。原来是昨天那个风笛唱片，霍丝送给我了。人与人心理的东西一定需要翻译吗？

当时德国著名的汉学家马汉茂（马丁）和我谈得来，他在波鸿大学做教授。有一次做我小说翻译的俄国汉学家李福清去波鸿访问，

* 澳大利亚堪培拉国家图书馆以展示其所藏我的图书的方式来欢迎我。左二为李景峰，他是人民文学出版社编辑，也是我最早的文学编辑

随后还要去科隆，马汉茂对李福清说：“我在科隆有所房子，现在空着，你就到我那房子去住吧。”他把房子的钥匙给了李福清。李福清到了科隆，找到那房子，但不能确定门牌号码对不对，因为他把门牌号码忘了。他大着胆子把钥匙插进锁孔一拧，门开了，但他还是不能确定这就是马汉茂的房子。忽然他看到书桌上立着个镜框，里边有张照片，他惊喜地说：“啊，这是冯骥才。这房子不会错！”

我们之间真是友好。这友好跨越了不同语言。

李福清最先把我的《高女人和她的矮丈夫》翻译成俄文，发表在前苏联《文学报》上，那时苏联还没有解体。苏联人第一次看到中国当代的小说居然描写现实的悲剧，感到吃惊。李福清还把《啊！》推荐给索罗金。索罗金是苏联著名的汉学家，译笔十分好，他译过钱钟书先生的《围城》。这样我就有了一个很好的《啊！》的俄文译本。《这里的黎明静悄悄》的作者瓦西里耶夫看了《啊！》之后，委托《光明日报》的记者，向我致意。他深深同情小说里“小人物命运的不幸”。1985年李福清和索罗金一同翻译出版了我的中短篇小说集，在莫斯科“虹”出版社出版。那时苏联的稿费很高，据说

* 《三寸金莲》英文版的译者大卫

我的稿费可以买钢琴、地毯和吸尘器。此时正好我的《神鞭》电影在苏联放映，反响挺热，他们想请我去做演讲和交流，并可以取得一笔比国内丰厚得多的稿费。由于此前有《文学生活》那个“前科”，中国作协一直没同意我去。吴泰昌访苏时，我曾想请他从莫斯科那家出版社把我的稿费取些出来用，但苏联很死板，非要我亲自去取，但不久苏联解体了，李福清告诉我俄国的钱毛了，只能买一个吸尘器了，又过了一年李福清说，那笔稿费只能买一块雪糕了。

比起俄国更糟糕的是日本。日本出版了我的小说《怪世奇谈》，出版社的社长来中国登门拜访，见面又鞠躬，又感谢，又送样书，还有些小礼品，包装得样样讲究，还说他们知道我画画，送了我一盒彩色铅笔，就是不谈稿酬。在那个刚刚开放的时代，我们见了老外还不好意思谈钱，也不知道怎么谈。中国的稿费很低，外国的出版商很清楚。有时他们也会给你一个信封，里边花花绿绿装着几张外币，往往如获至宝，再一看面值竟然少得可怜，只能当作纪念品。至于台湾那边由于两岸不通，天地相隔，出了你哪些书都不清楚。

1985 年我在爱荷华，与台湾作家互赠一些书，我把他们的赠

＊ 我的小说最早的俄文版译者李福清院士

书都带回来了，他们带着我的书回到台湾，过海关时必须把书的封面撕去，否则会被没收。那时他们检查得更严。

1988 年我和谌容被新加坡邀请担任他们新加坡文学奖金狮奖的评委。台湾受邀的作家是陈映真和黄春明。与两位台湾作家一聊方知我的不少书都已在台湾出版。那时谁也怪不得，两边出的书全是“盗版”。最早香港金庸的武侠小说不也全是“盗版”的吗？书只要有人看就好。反正在两岸没开通之前，文学就彼此先行了。

这次在新加坡有件事记得很深，一天很晚的时候，陈映真敲门找我，他转天一早就要回台湾了。他说他因触犯国民党当局被关多年，刚被放出来不久。此前他一直对大陆很向往，但后来知道大陆发生了“文革”使他很痛苦。他很想听我说说“文革”，是不是真的很坏？对社会的破坏到底有多大？我告诉他，“文革”确实是一场灾难，这是事实。现在已经被彻底和全面否定了，决不会重演了，请他放心。“文革”最大的破坏不仅是经济的，文化的；最大的破坏是对人的朴素本质的破坏，人一旦失去朴实，失去了相互的信任，想要回到朴实和信任是困难的。这是中国必须自我解决的，但需要

* 我的小说英文版第一个翻译者苏珊。1985年我访美时特意去印第安纳大学拜访她

很长的时间和努力。

陈映真听了沉吟良久。

说到陈映真我还想起一次在比利时拜访过一个“红卫兵小组”。这是中国“文革”期间比利时一些极端的左派人士成立起来的。在布鲁塞尔一条拥挤的小街上，一间低矮的小屋，坐着一个满脸短须的男人，身穿皮外套，头戴一顶绿军帽，中间别着一个红五星，满屋全是“文革”宣传品，很怪异，因为中国早已没有这种荒唐的景象了。我与他交谈，他问我当今中国的情况。我介绍了中国的改革，对“四人帮”极左思想的批判，社会的进步，生活充满了希望。他中间不断插话，翻译没有翻给我，后来他的声音愈来愈大。最后翻译对我说：“我不能不告诉你，你必须尽快离开，他已经发火了，你要再说下去，他会打你。”我明白了，马上与他告别。原来“文革”的遗害还到了海外。

那年我还跑到布鲁塞尔参加了那里闻名世界的书展。在书展上

* 《菊花及其它故事》1985年美国HBJ出版社出版，这是我在英语世界出版的第一本书

演讲、画画、交流。期间结识了来自巴黎的柬埔寨人潘立辉先生，潘先生是华裔，在巴黎十三区开了一家不大的中文书店，名叫友丰书店，专门营销来自两岸三地的华人文学作品，并根据读者的兴趣，自己动手编辑和出版一些图书。后来，他还出版了我的一些小说中法文对照的版本。他对传播华人世界的文学作品兴趣极大，他称得上是一位热情的华文图书推介者。其实在作家与读者之间最需要他这种人。很多欧洲的老读者常年与友丰书店保持紧密的联系。由此我和潘先生成了好友，每到巴黎必去看他，并在他的书店买些书带回来。

我好像天生就对中西文化的比较有兴趣。不同文化体现出的相反的事物总是各有各的道理，各有各的智慧与精神创造。我从美国回来所写的游记《海外趣谈》，基本上是中西观念——在对待事物各种观念的不同，比如社会观、历史观、哲学观、生命观、审美观、价值观、文化观等等。我说“东方人眼里的西方人不是西方人眼里的西方人，西方人眼里的东方人不是东方人眼里的东方人”。如果从一种文化观去看另一种完全不同的文化观，会有种发现的、被启

* 中国作家代表团访问加拿大期间，参观白求恩故居。左一张抗抗，右三孙颙

发的、受益的快乐。在这些比较中，我特别关注并欣赏西方人对自己历史的态度，他们对历史文化的尊重。在八十年代我写的游记中，常常可以看到我对他们的这种欣赏乃至敬意。由此，致使我从海外回来时，箱子里常常带着在外边淘来的洋古董。每次过海关时边检人员便笑着对我说："冯先生又弄回来不少破烂了吧？"

在八十年代一心致富的中国还没有在意把传统放在什么位置。可能由于"文革"中一次次对自己传统的扫荡与围剿——从"破四旧"到批红楼批水浒批克己复礼，我们脑袋里传统已经荡然一空，对传统没感觉了。虽然八十年代还没有对城市的历史遗存大举拆除，却已经没人去看一眼那些破旧不堪的老房老屋。知识界主要的工作是一方面剪断古老的精神锁链，一方面推动开放。向前看，向外看，依照外边的样子改造自己。

在新加坡，我遇到一些新加坡大学新儒派的学者，他们的想法引起我的兴趣。由于新加坡百分之七十以上是华人血统，他们很看重中华文化的传统，同时他们承认儒家思想已经不完全适用于现代社会了，他们的想法是，在保持儒家精华的同时，融入西方人文主

READING at HARBOURFRONT

Visits by authors from the People's Republic of China to Toronto are as rare as those by dragons to Mimico, so we are especially proud and pleased to feature three of China's best and most renowned writers at Harbourfront for an exclusive engagement.

Feng Jicai is, without question, one of the most important writers at work in China today. He is a superb example of that paradox which exists occasionally in all Communist countries; the author who can sharply criticize the foibles of a system while remaining ungagged by it. Of his collection *Chrysanthemums and Other Stories*, the *New York Times* wrote: "the style of writing is breezy, somewhat slangy; the mood often, and at its best, wacky".

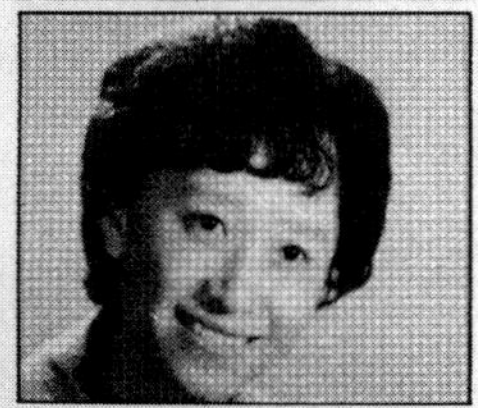

Zhang Kangkang is one of the best, if not the best of the young Chinese fiction writers. Her writing exemplifies the new tone of Chinese fiction, a sophisticated approach elucidating nuance rather than plot, exploring the aesthetic excitement to be obtained from an oblique advance instead of the head-on charge.

Born in 1950, **Sun Yu** represents a striking change in direction for Chinese fiction, one which many members of the older generation of Chinese writers find difficult to grasp or be empathetic with. Sun Yu's *Their World*, published in 1985, won the City of Shanghai's Best Book Award.

Tuesday August 11, 1987 at 8:30 pm

The Brigantine Room
York Quay Centre
235 Queens Quay West

Admission Free
Information 364-5665

*在加拿大演讲时，主办单位张贴的小海报

义的精神。比方将儒家的长幼尊卑与西方的平等思想结合起来——晚辈要尊敬长辈，但长幼之间也要平等尊重。这些工作他们做得很细致。可是当我把这些思想介绍到国内时，却没人感兴趣。那时风靡知识界的是尼采和弗洛伊德。言必称尼采和弗洛伊德。传统似乎已经过时了，那个时代确实有偏激的东西。

1988 年中国文联给我一个差事：由舞蹈家贾作光和我带一个团参加联合国教科文的 B 级组织——国际民间艺术组织在欧洲一些国家的活动——后来我做了这个国际组织的副主席。这是我第一次非文学的出访。那次在奥地利、匈牙利、波兰等国跑了一圈，被他们依然原汁原味、光彩十足保持在生活中的民间文化迷住了。我是从作家对生活文化特有的敏感上被迷住的——这可能正是我十年后投身中国的民间文化抢救的深层原故。

应该记一笔的是，这段时间里，我和张抗抗、孙颙还被加拿大邀请去多伦多参加一次文学朗读会。中间我们去游览尼亚加拉大瀑布。我忽然感到口渴得厉害，好像必须马上喝一大罐水。我跑到不远的食品店买了一大杯冰镇可乐喝下。刚回来，又渴得不行。抗抗很吃惊问："大冯，你这是怎么了？"当时我还笑着说："大瀑布把我馋的。"回国后，我给一位老中医做"文革"经历者口述时，一边不停地喝水，医生对我说："你这么一杯又一杯地喝水肯定有问题，你应该查一查血糖。"一查，不得了，血糖高了三倍。妻子当即哭了。从那时我就戴上高血糖的帽子。

我不知道我是什么时候和为什么得上高血糖的。妻子说："就是因为山海关汽水，你每顿饭都要喝两瓶山海关汽水，这种汽水几乎就是糖水。"

朋友们说："还是因为你稿费多了，七十年代你每顿饭喝得起两瓶汽水吗？就是一瓶你也喝不起。"

初听有理，事后一想不对。其实我最喜欢喝啤酒，但啤酒容易醉醺醺，不好写东西，所以改喝汽水。看来我的高血糖最终还是为了文学。

谁让我把喜怒哀乐都给了文学，文学最终还是把人生的甘苦都还给了我。

九、双管齐下

此时我的写作进入了一个很好的状态。前边所说的我的两套笔墨都有了各自的宽阔的前景，感到步子迈出去愈加自信。

《神鞭》以来，我的现代小说在写过《三寸金莲》之后，个人的文本方式与语言已经确定了。特别是语言，我愈来愈重视“字”的运用，这也是中国小说最重要的特征之一。语言是一种思维方式，审美方式，更是文化方式。我从语言中感悟到我这个系列小说必须以文字的考究来表达我们文化的质感。从中国的文学史看，中国的诗歌成熟在前，散文小说成熟在后，散文的语言尤重方块字——甚至每个方块字的运用。小说也是这样，从唐宋传奇到四大名著莫不如是。我在《三寸金莲》中已经找到我的小说的“命门”之一，在后来写的《阴阳八卦》中更是如此。当然，这两部小说在语言上也

阴
阳
八
卦
冯骥才 著
中国怪世奇談
陰陽八卦
作／馮 驥才 訳／納村公子
今月の新刊
無芸無才、無為無策の
陰陽思想が"運"を呼ぶ!!
小学館 月刊総合 文庫

* 《阴阳八卦》及日译本

不尽相同。每部小说语言是要与小说的精神气息一致的。在《三寸金莲》我致力于语言的繁琐性与缠绕感，这是我对金莲文化的感觉。在《阴阳八卦》我努力使语言白描化，句短字精，空灵，飘忽，表面简洁却内涵“玄妙”，这出于我对中国文化负面表达的需要，对字的运用自然更讲究一些。故而，在写过这部小说之后，我写《俗世奇人》时就更得心应手了。这使我明白，作家的语言能力是写出来的。

关于《阴阳八卦》的内涵，我写过几篇文章，表达了我的思考。我不怕批评，却担心它再次遭遇到《三寸金莲》那样驴唇不对马嘴的解读。在1988年初我将这部小说的定稿寄给李小林之后，没多久便写了两篇文章《关于〈阴阳八卦〉的附件》和《日文版〈阴阳八卦〉序》。我明明白白讲了这部小说不是用心灵而是用脑袋写的。这是一部理性的小说。我开宗明义地说：

西方人与中国人对世界的认知方式全然不同。西方人是一种解析的方式，他们将已知与未知区分得非常清楚，从不混淆；

已知归于过去，未知属于未来。凡是被认识、被解释、被把握的事物，全都分门别类，井然有序；他们探究的双眼始终注视着有待开掘的未知世界。这种认知方式促使他们科学发达，人的进取目标明确，然而他们的未知世界远远比已知世界辽阔得多，宇宙与生命是他们至今难解、无比巨大的谜。

比起西方人，东方的智者几乎无所不知。古老的中国人认知世界是一种包容的方式，他们习惯将已知与未知混同一起，已知中包含着未知，未知中掺杂着已知，然后用阴阳五行八卦之类，一分一论一解，似乎天下大白。这里边有许多感觉的、神似的、写意的色彩，有朴素的辩证与智慧的诡辩，有不能自圆其说却自圆其说的能耐……对于古老的中国人来说，宇宙与生命并非是谜，懂而非懂，不知亦知，认识的边缘朦胧模糊。模糊性愈强，包容性也就愈大。这种认知方式使古老的中国人不求甚解，安逸清闲，科学因之落后，在文化上却获得博大恢宏，想象驰骋，充满了神秘。

东方的神秘来源于文化的神秘。

出于上述想法，我写了《阴阳八卦》，我把这种理性思索还原于充满市井风情的社会形态和众生相中。我不指望读者得出与我同样的结论，只想把读者引入这特有的、具有思考价值的文化深层。

我还直截了当地表明《怪世奇谈》三部小说写的是什么：

《神鞭》写的是文化的根。我这个根是传统，不是寻根文学那个根。我不是在寻根而是对根的反思。《三寸金莲》写的是文化的自我束缚力。我们的文化有把丑变为美的传统，丑一旦化为美，便很难挣脱。《阴阳八卦》写的是文化的自我封闭系统。这是面对开放时代最大的不自觉的精神束缚。

我明确地说，我不是寻根，是文化反思。一种紧紧关照现实的反思。我的小说不在当时流行的寻根小说范畴中。

我认为现实问题有如大海的涌动，但并不都来自风；还有其内在的根由，这根由的一端深藏在人的内心，一端深藏在社会、历史和文化的背景上，需要挖掘。我要寻找我们民族深层的症结。在将

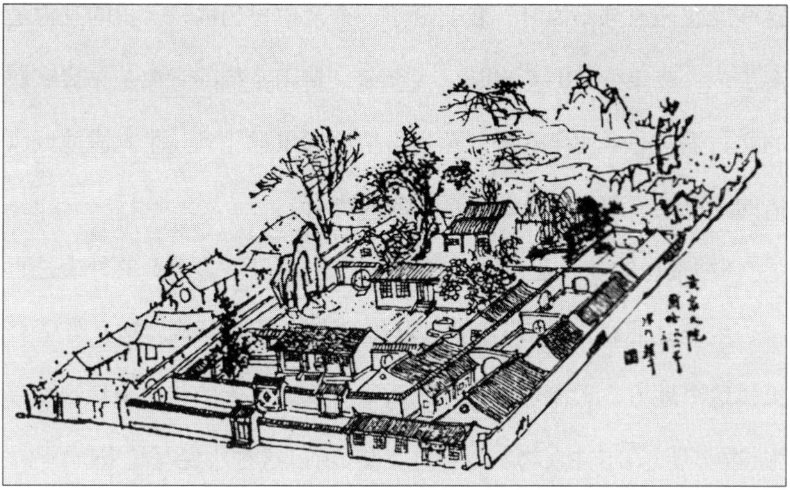

* 我构想的黄家大院

这些思想还原到小说时，我要赋予一个意象作为内核。根的意象是辫子，自我束缚力的意象是三寸金莲，封闭系统的意象是秘藏家底的文化黑箱——阴阳八卦，然后再把这意象融化到一个充满地域风情的荒诞故事和形形色色传奇性的人物中。

《神鞭》的外表是喜剧，内涵是正剧；《三寸金莲》的外表是正剧，内涵是悲剧；《阴阳八卦》从里到外全是荒诞剧。这正好适合天津这个地方。天津这个水陆码头很特别，本土的传说全都幽默夸张，匪夷所思；市井人物一概神奇莫测，所以这种小说写起来挺顺手，就像贾平凹写他的商州。别看天津这城市华洋杂处，十分庞杂，没有一个地方没有传说。一边写，一边各种奇人奇事奇谈怪论往外冒。

这部小说发表在1988年第3期《收获》上。我从心里感谢《收获》给我提供版面，支持我。这是一部很容易失败的小说，最具挑战性的作品，特别需要在一个最惹眼的平台上亮相。《三寸金莲》容易遭到责骂，《阴阳八卦》容易遭到冷遇，我的预估没有错，结果正是如此。

1988年写《阴阳八卦》时最奇特的“经历”,是同时写着《一百个人的十年》。

这可是两种心境完全不同的写作，完全不同的两种笔法，完全不同的两种文学思维。一个是荒诞的、乡土的、异想天开的小说，一个是严谨的、冷峻的、史记式的口述文学。它们最大的一致，都是反思。一是文化反思，一是“文革”反思。我不知道当时为什么偏要这样写作？是为难自己吗？现在想起来，只能说这两种写作我哪一个也放不下。《一百个人的十年》的写作有一个特别的原因。它起始于1986年，这一年正好是“文革”结束十年。这可能缘自一种内心的迫力。我是“文革”的一代，这样一个日子，怎么能不为“文革”写一件东西？所以我说这是为巴老提出的“文革”博物馆送上的“第一批普通‘文革’经历者的心灵档案”。于是从1986年以后我一直没有停止过《一百个人的十年》的写作。这样便与《三寸金莲》和《阴阳八卦》的写作并行不悖了，好似双管齐下。记得当时一位记者问我为什么采取这样的写作方式，我笑一笑说 :“我喜欢平行写作。”

早在1984年我就萌生一个想法——用口述方法来写中国普通人十年“文革”的心灵历程。那时中国基本上没有口述史写作。无论是口述历史,还是社会学口述史。我这个想法直接受到当时(1984年)出版的一本书斯特兹·特克尔的《美国梦寻》的启发。特克尔是一位广播记者和电视人,他自二十世纪六十年代,就开创性地采用口述实录的方式,将大量美国社会各界三教九流的人物倾诉各自追寻心中的梦想记录下来,最后选择出一百篇结集成书,这部书使特克尔获得普利策文学奖。

这种前所未见的“口述实录”的写法触动了我一个久远的情结。那便是1966年的冬天,为了要记录那一代人心灵历史而进行的“秘密写作”,而且一边写作一边藏匿,这一行动贯穿了我走上文坛之前的十年。在新时期初期我还有过关于“非常时代的设想”,想用巴尔扎克《人间喜剧》那样浩大的方式,记录我所亲历的社会灾难,却由于突然患病而中断。然而这个用“文学记录历史”的愿望一直纠结心中,未曾熄灭。《美国梦寻》使我忽想,何不用口述方式,

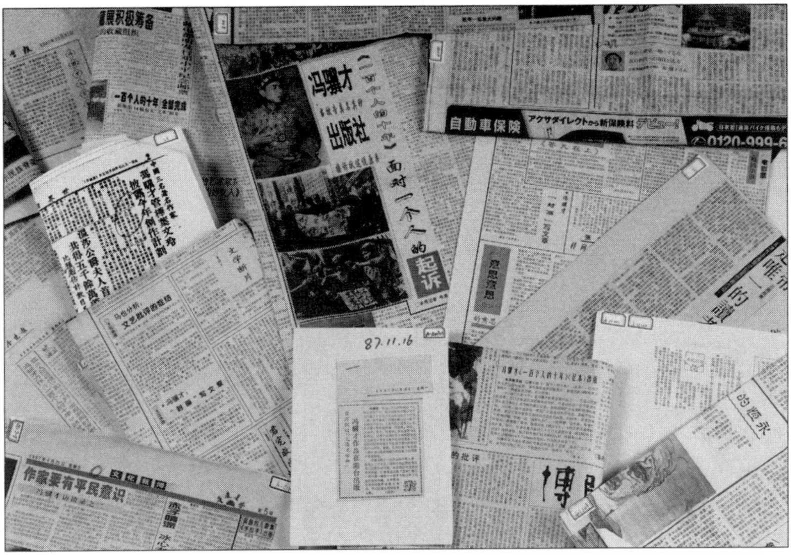

* 媒体报道了我要为普通人的“文革”经历写下他们的心灵历程的创作计划

记录下一代“文革”受难者的心灵经历和生命感知？有时，活生生的人比虚构的人物更真实，更本质，更无可置疑，也更具历史的见证性。

于是我给自己设计好这一非同寻常的独特的写作方式。

我决定用“口述实录”方法来记录“文革”受难者的“心灵历程”。我的口述对象都是普通的中国人，不是位高权重的人。我用访谈方式，如实记录，然后整理为文字，以被访者第一人称的方式来表述。由于“文革”刚刚过去十年，种种矛盾未了，人们心有余悸，故此我要为被访者严守秘密。文章中所涉及的地名、人名、单位名称，一律隐去。不留一切可以辨识的痕迹。我这样做，是为了保护受访者，并使他们放心大胆地吐露真言。

我通过媒体将我的想法告诉给大众。连中新社也发了相关的消息。这一来，我收到的信件便蜂拥而至，每天信箱塞得满满的，一下子好像又回到新时期文学初期伤痕文学的时代。仅在 1986 年我收到的信件至少三千件。你和这么多读者直接相通——这种感觉今天真是难以想象。这些读者可不是盲目的网络粉丝，而是把你当作

＊ 一时来信如漫天飞来的雪片

可以倾诉衷肠甚至吐露隐私的朋友。我打开这些信件一读，才知道天下有那么多“文革”受难者的心灵难安。那时大难才过十年，政治错误虽被否定，个人的心灵创伤谁来平覆？我认为我有这个使命，用文字为他们代言。把真实的生活及其教训留给历史。它还使我感到，“文革”竟然有如此广泛和剧烈的破坏力，如同一场巨大的心灵战争，造成这样千奇百怪、极其深刻的命运悲剧。如此来看，口述实录比小说形式更能够胜任全面和真实地记录这个时代。我采用口述的方式应是最恰当的选择。

我将大量来信按照省份划分。我阅读这些信件时发现，来信的内容与情况异常复杂，也有长长的告状信和要求平反的材料。有的信件“有血有泪”，可以听到字里行间的哭声，哪一封信都叫你不能弃之不顾。我将可以进行访谈的信件列为首要，先从京津地区开始。由于地区涉及太广，我难以分身，曾把江南地区的一些信件交给一位朋友代我做初访，甄选其要，再由我去做口述，但这朋友始终没有做到。可能因为这工作太复杂太费周折。比如湖北一封来信说在“文革”初期两派恶斗时，他是一派头头，口才好，善于雄辩，

* 一次到唐山访谈一位“文革”经历者，顺便去看唐山大地震的废墟，一时觉得这废墟真像那一代人的心灵。谁来修复这些心灵，怎么修复?

常常把“对立面”批驳得一败涂地。对方恨他的这张伶牙俐齿的嘴，把他捉住，将他的舌头拉出来，非要用剪子把他的舌头铰了。幸好他当时挣得厉害，铰得不多，否则吃不了东西早就完了，但从此他说话就含糊不清，喝水吃东西常被呛住。这样的人访谈一定很费周折，当然，也一定会得到许多特殊的东西。

前边说过，此前我们没有真正的口述写作。因此我的“口述实录”基本上是在纪实文学的基础上自做设计。开始时，我要先约被访者谈一次，了解大致情况。我很注重被访者的心灵体验及其表述能力。有的人虽然经历非凡，但个人体验缺少深度，或不善表达，便很难做出有价值的口述访谈。如果头一次约谈后认定为口述的对象，进一步再做正式的口述访谈。我采用重点笔录和全程录音相结合的方式。访谈地点由访谈者的选择，这样访谈者才会感到放心，放松，交谈时自然就会放得开。

有一天我接到一个电话，有位医院的女医生说有话非对我说不可。她要我去她的医院里说，我去了，在这医院二楼一间很小又幽静的房间里。初见她，中等身材，头发凌乱，眼皮有些肿，看不清眼神，脸也发肿因而面孔看不清晰。她气色不好，感觉有气无力。一开口竟对我说：“我今天不想说了，我什么也不想说了。对不起，叫您白跑一趟。”我感觉她心情很复杂，便说：“没关系。您不想说就别说了。您什么时候要说就与我联系，我会再来。”我们又说了几句，待我告辞要回去时，她忽然说：“你别走，我要对你说！”这时我看见她的眼神很特别，我很难描述那种眼神，是痛苦至极，还是要与一种痛苦诀别。接着她说出自己一个让人难以置信的故事。在“文革”初，在父亲受尽非人折磨而再三苦苦哀求下，她杀死了父亲。她是医生，知道怎么做能叫父亲迅速死去，结束苦难。她因此被判刑，关了十年，直到“文革”结束才被平反。她问我：“现在大家都平反了，如果当时我没下手，我爹准能活至今天。可是我无论怎么给自己找理由也没用，反正我爹是我杀的。你说我到底是救了我爹还是害了我爹？我是不是有罪？”这话问得我热泪直流。是啊，谁能把她从这种时代强加给她的痛苦中解脱出来呢？那天口述之后，她爱人告我，她血压升高得吓人，病了很长一段时间。我在将这篇口述整理完之后，情不自禁加了一行黑体字：

在灭绝人性的时代，人性最高的表现只有毁灭自己。

此后，这成了我这部口述文学的一种独特的文体：在每篇口述文章的末尾都加上一句话，以表达我的思考。

第一批口述文章发表在北京的大型文学期刊《十月》的第6期上，有《一个老红卫兵的自白》《复仇主义者》和《我到底有没有罪？》。还有几篇《我这三十年呀》《当代于连》和《牛司令》刊在《文汇月刊》第11期上。使用这种超写实主义的手法来写“文革”自然反响极大，但是评论界却很少反映，大概他们不好评论。于是我的两方面的作品都遭遇到评论上的冷淡。虽然它们在读书界反应强烈，直至今天仍然不断再版，评论界却始终拒而不谈。《三寸金莲》是不知如何说和说什么，《一百个人的十年》是无法说或不能说。颇有意味的是《一百个人的十年》那篇沉重、冷峻、有如思想檄文的前言却发表在《人民日报》上。

在这部书的写作中，我开始时遵照“口述实录”的要求，严

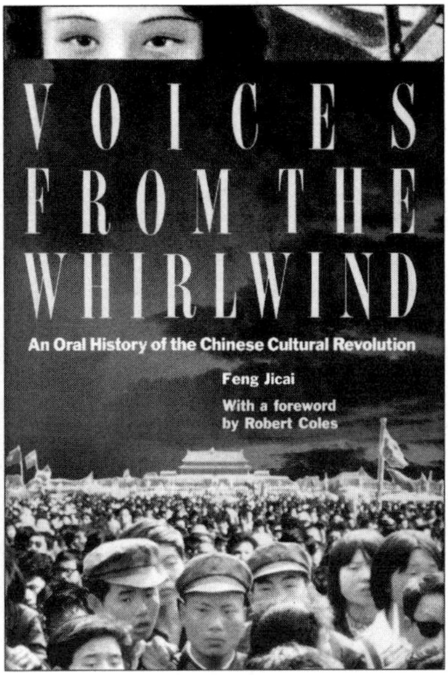

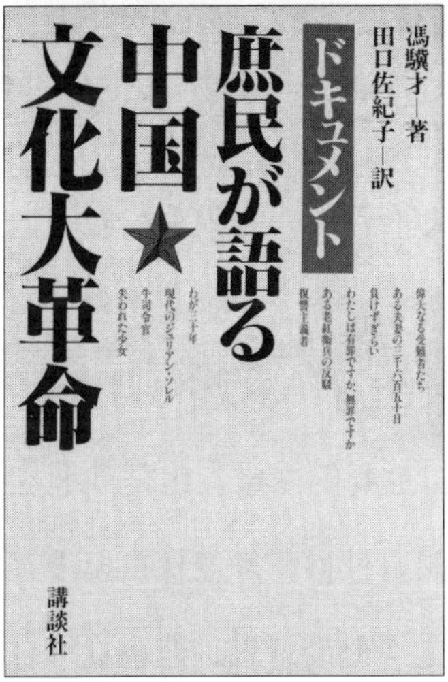

* 《一百个人的十年》九十年代结集出版，很快一些国家有了译本

格遵循录音，以保持叙述者真实的表达。然而，接下来我认为自己与特克尔是不同的。特克尔是记者的立场与方式，不适合作家。作家更注重人物的典型意义、个性、内心深度和细节。于是我在对选择访谈者上，注重人物的独特性和代表性，还有口述内容的思想价值；在口述过程中着力追究访谈者的深层心理，还要彰显个性的细节——这也是文学最关注的。比如一位科学家引起我兴趣的原因，是他为了全心做自己的科研，并不被人打成“白专”典型，他必须致力于在人群中不显山不露水，不让别人注意自己，努力“消灭自己”。我一个劲儿追问他如何“消灭自己”，他说平时不大声说话，不表达个人意见，开会时坐在边上，低头走路，决不发脾气。我问他还有什么办法“消灭自己”，他说我决不看别人的眼睛，我问他为什么，他说你要看别人的眼睛，别人就记住你了。这是个重要的细节！他就这样使自己在人群中渐渐不被注意，好像消失了一样。他在科研上很成功，“文革”后成了我国重要的专家。但是问题出来了，他忽然发现自己既没有脾气，也没有性格，好像什么也没有了。他像一杯白水没有意思。不仅别人觉得他没意思，他也觉得自己没意思。他失去了一个人必须有的，因此他失去了自己。他很痛苦却又无奈。

这个人让我极为深刻地感受到“文革”对人的扭曲。

1987 年以来我选择的人物都是这样的：人物的后边有人性的虐杀，封建主义的幽灵，文化的劣根，传统价值观的恶性改变等等。这一年我跑到唐山去做一个人的口述。“文革”中这个人被通知到监狱给他死去的弟弟收尸时，发现他的弟弟是饿死的。当时弟弟躺在床板上，身体只有几寸薄，他发现弟弟肚子上贴了一张纸，他很奇怪，揭下来一看，贴在肚子的一面纸上竟写满字，原来密密麻麻全是弟弟死前渴望吃到的菜名！这样的细节恐怕托尔斯泰也想不出来。生活真比文学更有创造力。这使我认识到口述写作的独特价值与意义。然而这样的口述需要时间，这样的口述对象不是想要就能找到的。实际上，我当时约谈了大部分人是不能成为口述对象的。或者因为本人不善表达，或者只是诉苦伸冤，却从他身上找不出有独特认识价值的东西来。从约谈，到口述，再到文字整理，写好一篇口述比写出一篇小说还难。我当时想，我大约需要到 1992 年左右才可以完成一百个人的口述。

这样，我就完全进入一种“双管齐下”的写作状态。一边是荒诞不经的《怪世奇谈》系列的小说写作，一边是严谨肃穆的“文革”经历者心灵口述的写作；我喜欢这种写作，同时保持两种全然不同的文学空间与境象，在两个完全不同的艺术时空里往返。我感觉自己有条不紊，前边有深广的前景。我才不管评论界理不理我，只关心读者是否关注。那一年，我在一篇文章里写了这样一句话：

> 作家最关心的不是这个世界怎么看你，而是你怎么看这个世界。

可以说，我的写作渐渐走向了自我。到了八十年代末我已经不大关心文坛了。文坛也不像八十年代中前期那样纯粹了。我曾在上海《文学报》上表达了一种个人的立场——面对文学，背对文坛。

大概那时还在关心文坛和文学的有两个人。一是王蒙，一是李陀。当然是完全不同的两个角度和两个立场。由于我和他们都有往来，心里最明白。王蒙从山上看平原，李陀从海外看大陆。无所谓谁是谁非。只不过，王蒙真正的想法谁都明白，李陀的愿望大多没人知道。我再写下去他们就该骂我了。

十、一个时代结束了！

1988年的农历春节，在日历上已经是1989年初了。今年这个春节让现代艺术展闹得有点奇头怪脑。头年入冬之时，致力于推动当代美术运动的高名潞到天津来找我，说中国美术馆已同意他们在年底举办首届中国现代艺术展，展览由中国美协的《美术》杂志等几家主办，年前择日开幕，要我出席他们的开幕式剪彩，还希望我主编的《文学自由谈》作为主办单位给一些经济上的支持。那时办了几年的《文学自由谈》以其前沿性和批评性在国内评论界很有一些影响了。我说，中国的当代艺术还处于试验性和开拓阶段，我会支持的，只是《文学自由谈》资金有限，我们就拿出一万元吧。当时一万元也不算太少。临近春节时高名潞通知我画展筹备就绪，开幕式定在农历腊月三十上午十点，要我无论如何赶到。

中国现代艺术展
《文化：中国与世界》丛书
中华全国美学学会
《美术》杂志
《中国美术报》
《读书》杂志
北京工艺美术总公司
《中国市容报》
北京 中国美术馆

* 中国现代艺术展邀请函

我那天很早起来，乘坐市文联的一辆伏尔加车赶往北京，妻子同昭也去了，同去的还有《文学自由谈》的编辑刘敏。这天是大年三十，人们都在家准备过年，路上车辆明显稀少，我对司机小孙说："哪有大年三十举办画展开幕式的，这群现代派故意选在这天表示叛逆，反传统。"

待到了沙滩的美术馆，只见美术馆前边宽阔的院子的地面几乎被几块巨型的大布铺满，这些布都是黑色，上边印一个"不能向左和回转"的交通符号，色彩刺目，气氛很异常，这也算一件当代艺术作品了。不少人站在这些大黑布上等候艺术展开幕。有的人披头散发，有的留着长胡子或梳一条小辫，一看就知是现代画家；还有肩挎着长枪短炮的摄影师以及外国人。人与展览变得很敏感。

开幕式在一楼大厅里，场面很乱。剪彩的人有中国美术馆的馆长、雕塑大师刘开渠，中国作协党组书记唐达成，还有我，再有什么人就不记得了。原本听说王蒙来出席开幕式，却没见人来。高名潞说文化部办公厅一早来电说，王蒙部长临时改去西便门外的白云观参加一个年俗活动去了。

剪过彩，参观开始。我已记不清挤满中国美术馆三层楼所有展厅的都是哪些作品。各种个性张扬、奇思妙想、前沿前卫、异想天开、寻奇作怪、离经叛道、故作高深等等的“创作”不一而足。我看到一位身穿红衣的艺术家坐在一个矮凳上，在自己特制的脚盆里洗脚，脚盆内外贴了至少一二百张美国总统里根的照片。他把两只肥胖的脚泡在水里，不断蹭踏着里根总统的“尊容”。他要表达的思想已经被西方艺术家使用了千万遍：戏谑、调侃、反权威和反权贵。妻子和刘敏认为这很可笑。刘敏小声问我：“这也叫艺术吗？”更叫人称奇的，还有人卖鱼卖虾，有人坐在地上“孵蛋”。其实在当代艺术刚刚出现时，很难免这样幼稚和荒唐地模仿西方或自我臆造。一方面我们没有当代艺术的土壤，一方面那个时代又“忘却”了传统的根基，那就一定会这样荒诞不经了。就像那时的文学。但是当代艺术总是要开始的。

在一楼东侧的大展厅中，几个说话有东北口音的年轻人过来叫我看他们的作品。他们的作品是一个很大的四四方方的纸盒子，像一间屋子，纸墙内外画满写满甲骨、八卦、大篆、古文以及稀奇古怪的符号，一位瘦高个子对我说这就是受我的小说《阴阳八卦》启发“创作”的。说着，他掀开一面“墙”叫我钻进去，让我感觉一下是不是我的小说。我钻进去，里边也写满古体字画满符号。我对他们客气几句便钻出来，心里却觉得这样的“创作”未免有些幼稚和图解。如果说我在《阴阳八卦》中对当时僵死又空洞的传统的困惑，更能使我找到相近感觉的却是在二楼上徐冰首次展出的《天书》。

一个小时后，我决定离开中国美术馆去看看王蒙。在我们下楼时，馆内的人愈来愈多愈杂，有点混乱。有人用避孕套吹成气球，再用曲别针别上自己的名片，满地乱扔，被挤来挤去的人踩得叭叭响；两三个身体上下裹缠着白纱的人好像重伤员，直挺挺从大门外往里走进来，据说是“行为艺术”。我叫司机小孙找来高名潞，我说：“现在有点乱，你要小心别出事，出事就把展览搞砸了。”说完我就去南小街看王蒙。我心里隐约有点不祥之感。

此时，王蒙早已从虎坊桥搬到南小街一个临街的独门独户的四合院里。这房子原是夏衍先生的住所，闹中取静，格局挺好。我敲门时还不知王蒙是否已从白云观回来，门开了，原来王蒙在家。我说：

* 开幕那天，中国美术馆前院情景

“哦，原来你故意没去美术馆。”王蒙说：“你怎么不懂，这种不知深浅的展览我能随便出席吗？”我想了想也是，他是国家的一位部长啊。刚刚展览上那种混乱的情况，他去了怎么表态？正与他聊天之时，电话响了，王蒙拿起话筒接听，忽然“啊”的一声随即面露惊讶。他放下话筒后便对我说：“我说这展览不好说嘛，开枪了。”

画展怎么会开枪？我一怔。

这便是一位艺术家肖鲁对着自己作品《对话》开枪射击的事件。刚刚在美术馆二楼，我看见这件作品，只是孤零零立在那里的一面镜子。作品名称写着《对话》。我还纳闷为什么叫作“对话”？原来还有作者自己。当作者站在镜子前才是“对话”——掏出枪来对镜子中的自己开一枪，就是“对话”了。这就是当时正走火入魔的“行为艺术”了。世界哪国的艺术展上有这种“行为艺术”？然而，在消费社会和媒体时代，行为艺术会不会被异化为一种廉价的炒作的新闻事件和商业投机？

后来知道这个事件发生后，出于安全起见，中国现代艺术展当日被关闭了。

在返津的路上，妻子、刘敏和小孙对头次遭遇的荒诞不经的展览一边议论一边说笑。我心里却不是滋味。一时也说不清为什么不是滋味。

那时没有高速公路，走的是国道。此刻已是下午，接近年夜饭时刻，道路两边人家的孩子早已心急于燃鞭放炮，提早噼噼啪啪放起来。进了市区，但见那些搬进近年新盖的楼群里的人们仍然风习不改，将吊钱挂在窗外，楼上楼下红花花一片，煞是一派年景，又有气势又好看又有年味。这是天津与北京最大的不同了。天津是市井城市，最当回事的还是实实在在的生活，生活文化是给生活助兴的，故而年的习俗和风味保持得最浓。比起刚才那个颠三倒四的艺术展全然是两个天地。

到了家，妻子开始忙着烧菜煮饭，我和儿子忙着摆桌上酒，三口子便进入一年一度最热乎也是最熟稔的岁时里。儿子早把电视打开等着春节晚会，那时候也是春晚的黄金时代。可是吃菜饮酒之际，心里总觉得有点什么东西不是滋味。妻子对我最敏感，问我："你是不是还想着刚才那个展览？"我说："是。"妻子说："你觉得不是艺术吗？”我说：“说不好，反正我觉得一切都在变了。”我说变，也没想清楚这“变”指的是什么。反正还没有确切的判断，也没有足够的思考来判断。

反正已与先前不一样了。

我觉得自己抓不住生活了，我无法像昨天那样深知正在激变的生活与社会。同时，我好像也找不到我的读者了，读者总是一代换了一代，是我抛下他们，还是他们抛下了我？我还是他们心灵的知音吗？我还与他们拥有共同的审美吗？虽然文学还在继续，我还在写，但是生活将要发生的一定有别于昨天。我感觉脚下的路变得模糊了；原先那条文学大河突然在一片陌生的原野上漫漶开来。

待到两年后，特别是改革再次提速之后，我在《文学自由谈》上发表了一篇文章，叫作《一个时代结束了》，那才是一种判断。这篇文章很短，但我说得很清楚：

不知不觉，“新时期文学”这个概念在我们心中愈来愈淡

＊ 大年三十的团圆饭

薄。那个曾经惊涛骇浪的文学大潮，那景象、劲势、气概、精髓，都已经无影无踪，魂儿没了，连这种“感觉”也找不到了。何必硬说“后新时期”，应当明白地说，这一时代结束，化为一种凝固的、定形的、该盖棺论定的历史形态了。

我说这时代结束，缘故有四：

一、“新时期文学”是在“文革”结束后，拨乱反正和第三次思想解放运动中应运而生的。它与“文革”为代表的被扭曲的畸形文学相对抗，有其特定的内涵与使命。首先是冲破各种思想禁区，其中最关键的是挣脱“文艺为阶级斗争服务”的束缚。十年来，从以往的“政治评判文学”到现在的“文学评价社会”，走过一条坎坎坷坷、不平静的道路。任何时代的使命都是阶段性的，从这一意义上说，“新时期文学”已经完成它非凡的一段历程。

二、“新时期文学”的另一使命，是使文学回归自身。由于长久以来对文学的非文学需要，文学发生异化，因此作家与评论家对这一使命看得无比神圣。十年来，对形式感的探讨，

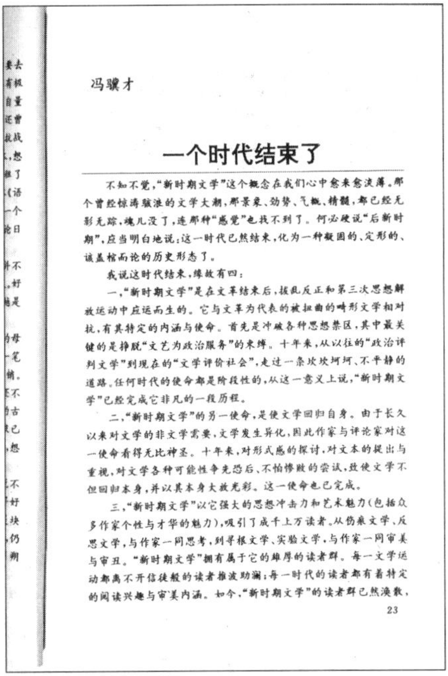

冯骥才

一个时代结束了

不知不觉，“新时期文学”这个概念在我们心中愈来愈淡薄。那个曾经惊涛骇浪的文学大潮，那景象、劲势、气概、精髓，都已经无影无踪，魂儿没了，连那种“感觉”也找不到了。何必硬说“后新时期”，应当明白地说：这一时代已然结束，化为一种凝固的、定形的、该盖棺而论的历史形态了。

我说这时代结束，缘故有四：

一，“新时期文学”是在文革结束后，拔乱反正和第三次思想解放运动中应运而生的。它与文革为代表的被扭曲的畸形文学相对抗，有其特定的内涵与使命。首先是冲破各种思想禁区，其中最关键的是挣脱“文艺为政治服务”的束缚。十年来，从以往的“政治评判文学”到现在的“文学评价社会”，走过一条坎坎坷坷、不平静的道路。任何时代的使命都是阶段性的，从这一意义上说，“新时期文学”已经完成它非凡的一段历程。

二，“新时期文学”的另一使命，是使文学回归自身。由于长久以来对文学的非文学需要，文学发生异化，因此作家与评论家对这一使命看得无比神圣。十年来，对形式感的探讨，对文本的提出与重视，对文学各种可能性争先恐后、不怕惨败的尝试，致使文学不但回归本身，并以其本身大放光彩。这一使命也已完成。

三，“新时期文学”以它强大的思想冲击力和艺术魅力（包括众多作家个性与才华的魅力），吸引了成千上万读者。从伤痕文学、反思文学，与作家一同思考，到寻根文学、实验文学，与作家一同审美与审丑。“新时期文学”拥有属于它的雄厚的读者群。每一文学运动都离不开信徒般的读者推波助澜；每一时代的读者都有着特定的阅读兴趣与审美内涵。如今，“新时期文学”的读者群已然涣散，

23

* 《文学自由谈》发表我的文章《一个时代结束了》

对本身的提出与重视，对文学各种可能性争先恐后、不怕惨败的尝试，致使文学不但回归本身，并以其本身大放光彩。这一使命也已完成。

三、“新时期文学”以它强大的思想冲击力和艺术魅力（包括众多作家个性与才华的魅力），吸引了成千上万读者。从伤痕文学、反思文学，与作家一同思考，到寻根文学、试验文学，与作家一同审美与审丑。“新时期文学”拥有属于它的雄厚的读者群。每一文学运动都离不开信徒般的读者推波助澜；每一时代的读者都有着特定的阅读兴趣与审美内涵。如今，“新时期文学”的读者群已然涣散，星河渐隐月落西，失去读者拥戴的“新时期文学”无疾而终。

四、一年来，市场经济劲猛冲击中国社会。社会问题性质，社会心理，价值观念等等变化剧烈，改变着读者，也改变着文学。文学的使命、功能、方式，都需要重新思考和确立，作家面临的压力也不同了。如果说，“新时期文学”是奋力争夺自己，现在则是如何保存自己。

一切都变了，因为时代变了。

时代终结，作家依在。他们全要换乘另一班车。但是，下一个时代未必还是文学的时代。历史上属于文学的时代区区可数，大多岁月文学甘于寂寞。作家们将面临的，很可能是要在一个经济时代里从事文学。一个大汉扛着舢舨寻找河流，这是我对未来文学总的感觉。

话还得回到题目上来："一个时代结束了"，新时期文学已经画上句号。

我这篇文章发表出来后，在一次会议上遇到陈荒煤，陈老总是那样温和可亲，让人信赖。他拉着我的手说："你那篇文章我看了，是不是太悲观了？"我笑了笑，没说话。我知道陈老对新时期文学有太深的情怀，其实我也是，那是一个伟大的时代，但任何时代最终都会向我们挥手告别，只不过我们对它犹然依依不舍、终难忘怀而已。

2017.4

附　录

我写过一些八十年代活跃的作家，多为人物随笔，有的是当时写的，有的是过后的怀念。本书横向地描述个人亲历的新时期文学的十年，而这些文章的人物则是其中一些纵向和深入的细节，因而摘选若干，附在书后。

致大海

——为冰心送行而作

今天是给您送行的日子，冰心老太太！

我病了，没去成，这也许会成为我终生的一个遗憾。但如果您能听到我这话，一准儿会说："是你成心不来！"那我不会再笑，反而会落下泪来。

十点钟整，这是朋友们向您鞠躬告别的时刻，我在书房一片散尾竹的绿影里跪伏下来，向着西北方向——您遥远的静卧的地方，恭敬地磕了三个头。然后打开音乐，凝神默对早已备置在案前的一束玫瑰。当然，这就是面对您。本来心里缭乱又沉重，但渐渐的我那特意选放的德彪西的《大海》发生了神奇的效力，涛声所至，愁云扩散。心里渐如海天一般辽阔与平静。于是您往日那些神气十足的音容笑貌全都呈现出来，而且愈来愈清晰，一直逼近眼前。

我原打算与您告别时，对您磕这三个头。当然，绝大部分人一定会诧异于我何以非要行此大礼。他们哪里知道这绝非一种传统方式、一种中国人极致的礼仪，而是我对您特殊的爱的方式，这里边的所有细节我全部牢牢记得。

八十年代末，一个您生命的节日——十月五日。我在天津东郊一位农人家中，听说他家装了电话，还能挂长途，便抓起话筒拨通了您家。我对着话筒大声说：

“老太太，我给您拜寿了！”

您马上来了幽默。您说：“你不来，打电话拜寿可不成。”您的口气还假装有点生气。但我却知道在电话那端，您一定在笑，我好像看见了您那慈祥并带着童心的笑容。

为了哄您高兴。我说：“我该罚，我在这儿给您磕头了！”

您一听果然笑了，而且抓着这个笑话不放，您说：“我看不见。”

我说：“我旁边有人，可以作证。”

您说：“他们都是你一伙的，我不信。”

本来我想逗您乐，却被您逗得乐不可支。谁说您老？您的机敏和反应能超过任何年轻人。我只好说："您把这笔账先记在本子上。等我和您见面时，保证补上。"

这便是磕头的来历，对不对？从此，它成了每次见面必说的一个玩笑的由头。只要说说这个笑话，便立即能感受到与您之间那种率真、亲切、又十分美好的感觉。

大约是一九九二年底，我在中国美术馆举办画展期间，和妻子顾同昭，还有三两朋友一同去看您。那天您特别爱说话，特别兴奋，特别精神；您底气一向深厚的嗓音由于提高了三度，简直洪亮极了。您说，前不久有一位大人物来看您，说了些"长寿幸福"之类吉祥话。您告诉他，您虽长寿，却不总是幸福的。您说自己的一生正好是"酸甜苦辣"四个字。跟着您把这四个字解释得明白有力，铮铮作响。

您说，您的少时留下许多辛酸——这是酸；青年时代还算留下一些甜美的回忆——这是甜；中年以后，"文革"十年，苦不堪言——这是苦；您现在老了，但您现在却是——"姜是老的辣"。当您说到这个"辣"字时，您的脖子一梗。我便看到了您身上的骨气。老太太，那一刻您身上真是闪闪发光呢！

这话我当您的面是不会说的。我知道，您不喜欢听这种话，但我现在可以说了。

记得那天，您还问我："要是碰到大人物，你敢说话吗？"没等我说，您又进一步说道，"说话谁都敢，看你说什么。要说别人不敢说、又非说不可的话。冯骥才——你拿的工资可是人民给的，不是领导给的。领导的工资也是人民给的。拿了人民的钱就得为人民说话，不要怕！"

说完您还着意地看了我一眼。

老太太，您这一眼可好厉害。您似乎要把这几句话注入我的骨头里。但您知道吗？这也正是我总愿意到您那里去的真正缘故。

我喜欢您此时的样子，很气概，很威风，也很清晰。您吐字和您写字一样，一笔一画，从不含混。您一生都明达透彻，思想在脑海里如一颗颗美丽的石子沉在清亮见底的水中。您享受着清晰，从来不委身于糊涂。

再说那天，老太太！您怎么那么高兴。您把我妻子叫到跟前，您亲亲她，还叫我也亲亲她。大家全笑了。您把天堂的画面搬到大家眼前，融融的爱意使每一个人的心情都充满美好。于是在场朋友们说，冯骥才总说给冰心磕头拜寿，却没见过真的磕过头。您笑嘻嘻地说我："他是个口头革命派！"

我听罢，立即趴在地上给您磕了三个头。您坐在轮椅上无法阻拦我，但我听见您的声音："你怎么说来就来。"等我起身，见您被逗得止不住地笑，同时还第一次看到您挺不好意思的表情。我可不愿意叫您发窘。我说："照老规矩，晚辈磕头，得给红包。"

您想了想，边拉开抽屉，边说："我还真的有件奖品给你。今年过生日时，有人给我印了一种寿卡，凡是朋友们来拜寿，我就送一张给他作纪念。我还剩点儿，奖给你一张吧！"

粉红色的卡片精美雅致，名片大小，上边印着金色的寿字，还有您的名字与生日的日子。卡片的背面是您手书自己的那句座右铭："有了爱便有了一切。"

您说，这寿卡是编号的，限数一百。您还说，这是他们为了叫您长命百岁。

我接过寿卡一看，编号 77，顺口说："看来我既活不到您这分量，也活不到您这岁数了。"

您说："胡说。你又高又大，比我分量大多了。再说你怎么知道自己不长寿？"

我说："编号一百是百岁，我这是 77 号，这说明我活七十七岁。"

您嗔怪地说："更胡说了。拿来——"您要过我手中的寿卡，好像想也没想，拿起桌上的圆珠笔在编号每个"7"字横笔的下边，勾了半个小圈儿，马上变成 99 号了！您又写上一句：骥才万寿，冰心，1992.12.20。

大家看了大笑，同时无不惊奇。您的智慧、幽默、机敏，令人折服。您的朋友们都常常为此惊叹不已！尽管您坐在轮椅上，您的思维之神速却敢和这世界上任何人赛跑。但对于我，从中更深深的感动则来自一种既是长者又是挚友的爱意。可我一直不解的是，您历经过那么多时代的不幸，对人间的诡诈与丑恶的体验比我深切得多。然而，您为何从不厌世？不避世，不警惕世人，却对人们依然始终紧拥不弃，痴信您那句常常会使自己陷入被动的无限美好的格言"有了爱便有了一切”？这到底是为了一种信念，还是一种天性使然？

我想到一件更远的事。

那时吴文藻先生还在世。那天是您和吴先生金婚的纪念日。我和楚庄、邓伟志等几位文友去看您。您那天新裤新褂，容光焕发；您总是这么神采奕奕，叫我们无论碰到怎样的打击也无法再垂头丧气。

那天聊天时，没等我们问您就自动讲起当年结婚时的情景。您说，您和吴文藻度蜜月，是相约在北京西山的一个古庙里。

您当时的神情真像回到了六十年前——

您说，那天您在燕京大学讲完课，换一件干净的蓝旗袍，把随身用品包一个方方正正的小布包，往胳肢窝里一夹就去了。到了西山，吴文藻还没来——说到这儿，您还笑一笑说："他就这么糊涂！"

您等待时间长了，口渴了，便在不远的农户那儿买了几根黄瓜，跑到井边洗了洗，坐在庙门口高高的门坎上吃黄瓜，一时引得几个农家的女人来到庙前瞧新媳妇。这样直等到您姗姗来迟的新郎吴文藻。

您结婚的那间房子是庙里后院的一间破屋，门关不上，晚上屋里经常跑大耗子，桌子有一条腿残了，晃晃荡荡。“这就是我们结

* 与冰心聊天

婚的情景。”说到这儿，您大笑，很快活，弄不清您是自嘲，还是为自己当年的清贫又洒脱而洋洋自得。这时您话锋一转，忽问我：“冯骥才，你怎么结的婚？”

我说：“我还不如您哪。我是‘文革’高潮时结的婚！”

您听了一怔，便说：“那你说说。”

我说那时我和未婚妻两家都被抄了，结婚没房子，街道赤卫队队长人还算不错，给我们一间几平米的小屋。结婚那天，我和爱人的全家去了一个小饭馆吃饭。我父亲关在牛棚，母亲的头发被红卫兵铰了，没能去。我把劫后仅有的几件衣服叠了叠，放在自行车后车架上，但在路上颠掉了，结婚时两手空空。由于我们都是被抄户，更不敢说“庆祝”之类的话，大家压低嗓子说：“祝贺你们！”然后不出声地碰一下杯子。

饭后我们就去那间小屋。屋里空荡荡，四个房角，看得见三个。床是用砖块和木板搭的。要命的是，我这间小屋在二楼，楼下是一个红卫兵“总部”。他们得知楼上有两个狗崽子结婚，虽然没上来搜查盘问，却不断跑到院里往楼上吹喇叭，还一个劲儿打手电，电光就在我们天花板上扫来扫去。我们便和衣而卧。我爱人吓得靠在我胸前哆嗦了一个晚上。“这就是我们的新婚之夜！”我说。

我讲述这件事时，您听得认真又紧张。我想讲完您一定会说出几句同情的话来。可是您却微笑又严肃地对我说：“冯骥才，你可别抱怨生活，你们这样的结婚才能永远记得。大鱼大肉的结婚都是大同小异，过后是什么也记不住的。”

您的话让我出其不意。

一下子，您把我的目光从一片荆棘的困扰中引向一片大海。

哎哎，您没有把我送给您那幅关于海的画带走吧？

那幅画我可是特意为您画得那么小，您的房间太窄，没有挂大画的墙壁。但是您告诉我：“只要是海，都是无边的大。”

我把您那本译作《先知》的封面都翻掉了。因此我熟悉您这种诗样的语言所裹藏的深邃的寓意。我送给您一幅画，您送给我这一句话。

我在那幅蓝色的画里，给您画了许多阳光；您在这个短句中，给了我无尽的放达的视野。

在与您的交往中，我懂得了什么是“大”。大，不是目空一切，不是作宏观状，不是超然世外，或从权力的高度俯视天下。人间的事物只要富于海的境界都可以既博大又亲近，既辽阔又丰盈。那便是大智，大勇，大仁，大义，大爱，与正大光明。

德彪西的《大海》全是画面。

被狂风掀起的水雾与低垂的阴云融成一片；雪色的排天大浪迸溅出的全是它晶莹透明的水珠。一束夕照射入它蓝幽幽的深处，加倍反映出夺目的光芒。瞬息间，整个世界全是细密的迷人的柔情的微波。大海中从无云影，只有阳光。这因为，它不曾有过瞬息的静止；它永远跃动不已的是那浩瀚又坦荡的生命。

这也正是您的海。我心里的您！

我忽然觉得，我更了解您。

我开始奇怪自己，您在世时，我不是对您已经十分熟悉与理解了吗？但为什么，您去了，反倒对您忽有所悟，从而对您认识更深，感受也更深呢？无论是您的思想、气质、爱，甚至形象，还有您的意义。这真是个神奇的感觉！于是，我不再觉得失去了您，而是更广阔又真切地拥有了您；我不再觉得您愈走愈远，却感到您从来没有像此刻这样的贴近。远离了大海，大海反而进入我的心中。我不曾这样为别人送行过。我实实在在是在享受着一种境界。并不知不觉在我心里响起少年时代记忆得刻骨铭心的普希金那首长诗《致大海》的结尾：

再见吧，大海！我永远不会
忘记你庄严的容光，
我将久久地久久地听着
你黄昏时分的轰响；
我的心将充满了你，
我将把你的山岩，你的海湾，
你的光和影，你浪花的喋喋，
带到森林，带到寂寞的荒原。

1999.3.19深夜．天津

爱在文章外

——记孙犁与方纪一次见面

一

外地通晓些文坛事情的人，见到我这副标题便会感到奇怪：孙犁与方纪都是天津的老作家，同居一地，相见何难，还需要以文为记吗？岂非小题大做？

这话说来令人凄然。经历十年磨难，文坛的老作家尚有几位健壮如前者？孙犁已然年近古稀，体弱力衰，绝少参加社会活动，过着深居简出、贪闲求静、以花草为伴的老人生活，偶尔写一写他那精熟练达的短文和小诗；方纪落得右边半身瘫痪，语言行动都很困难，日常穿衣、执物、拄杖，乃至他仍不肯丢弃的嗜好——书法，皆以左手为之。这便是一位以清新隽永的文字长久轻拨人们心弦，一位曾以华丽而澎湃的才情撞开读者心扉的两位老作家的现况。虽然他们之间只隔着十几条街，若要一见，并不比分居异地的两个健康朋友相会来得容易。他们是青年时代的挚友，至今感情仍互相紧紧拴结着，却只能从来来往往的客人们嘴里探询对方的消息。以对方尚且安康为快，以对方一时病困为忧。在这忧乐之间，含着多少深情？

二

方纪现在一句话至多能说五六个字，而且是一字一字地说。一天，他忽然冲动地叫着：

“看、孙、犁！”

方纪是个艺术气质很浓的人。往往又纵情任性。感情叫他做什么，他就做什么。看来他非去不可了。

他约我转天下午同去。第二天我们乘一辆小车去了。汽车停在孙犁住所对面的小街口，我们必须穿过大街。方纪右脚迈步很困难，每一步都是右脚向前先画半个圈儿，落到半尺前的地方停稳，再把身子往前挪动一下。他就这样艰难地走着，一边自言自语、仿佛鼓励自己似的说：

“走、走、走！好、好、好！”

他还笑着，笑得挺快活，因为他马上就要来到常常思念的老朋友的家了。他那一发感触便低垂下来的八字眉，此刻就像受惊的燕子的翅翼，一拍一拍。我知道，这是他心中流淌的诗人易激动的热血又沸腾起来之故。

孙犁住在一个大杂院里，有许多人家。房子却很好，原先是个气派很足的、阔绰的宅子。正房间很大，有露台，有回廊，院子中间还有座小土山，上边杂树横斜，摆布一些奇形怪状的山石，山顶有座式样浑朴的茅草亭。由于日久年长，无人料理，房舍院落日渐荒芜破旧，小山成了土堆，亭子也早已倒掉而废弃一旁。大地震后，院中人家挖取小山的土筑盖防震小屋，这院子益发显得凌乱和败落不堪。那剩下半截的、掏了许多洞的小土山完全是多余的了，成为只待人们清理的一堆废墟。

我搀扶方纪绕过几处防震屋，忽见小土山后边、高高的露台上、一片葱葱的绿色中，站起一个瘦长的老人。头戴顶小檐的旧草帽，白衬衣外套着一件灰粗布坎肩，手拄着一根细溜溜的黄色手杖。面容清癯，松形鹤骨，宛如一位匿居山林的隐士。这正是孙犁。他见我们便拄着手杖迎下来，并笑呵呵地说：

“我听说你们来，两点钟就坐在这里等着了。”

我看看手腕上的表，已经三点半了。年近七十的老人期待他的朋友，在露台的石头台阶上坐等了一个多小时呵……

三

孙犁的房间像他的人。沉静、高洁，没有一点尘污。除去一排书柜和桌椅之外，很少饰物，这又像他的文章，水晶般的透亮，明快，自然，从无雕饰和凿痕。即使代人写序，也直抒心意，毫不客套。他只在书架上摆了一个圆形的小瓷缸，里边用清水泡了几十颗南京雨花台的石子。石子上的花纹甚是奇异，有的如炫目的烟火，有的如迷人的晚霞，有的如缩小了的画家的调色板。这些石子沉在水里，颜色愈加艳美，颗颗都很动人。使我不禁想起他的文章，于纯净透明、清澈见底的感情中，是一个个奇丽、别致、生意盈盈的文字。

孙犁让方纪坐在一张稳当的大藤椅上，给方纪倒水、拿糖，并把烟卷插在方纪的嘴角上，划火点着。两人好似昨天刚刚见过，随随便便东一句西一句扯起来，偶然间沉默片刻也不觉尴尬。有人说孙犁性情孤僻，不苟言笑，那恐怕是孙犁的崇敬者见到孙犁时过于拘谨而感受到的，这种自我感觉往往是一种错觉。其实孙犁颇健谈，语夹诙谐，亦多见地。今天的话大多都是孙犁说的。是不是因为他的朋友说话困难？而他今天话里，很少往日爱谈的文学和书，多是一般生活琐事、麻烦、趣闻。他埋怨每天来访者不绝，难于应酬，由于他无处躲避，任何来访者一推门就能把他找到。他说这叫“瓮中捉鳖”。然后他从抽屉里拿出一个小木牌，上面写着“现在休息”四个字。他说：“我原想用这小牌挡挡来客，但它只在门外挂了一上午，没有挡住来客，却把一个亲戚挡回去了。这亲戚住得很远，

＊ 左为孙犁，中间为方纪

难得来一次，谁知他正巧赶上这牌子，这一下，他再也不来了！”说着他摇着头，无可奈何地笑了。逗得我们也都笑起来。

随后，他又同方纪扯起天津解放时刚入城的情景。那时街上很乱。他俩都是三十多岁，满不在乎，骑着车在大街上跑。一个敌人的散兵朝他们背后放了一枪，险些遭暗算。他俩身上也带着枪，忙掏出来回敬两下，也不知那散兵跑到哪里去了。“我们都是文人，哪里会放枪？这事你还记得吗？老方？”孙犁问。

“记得，记得，好、险、呀！”方纪一字一句地说。两人便一阵开心地哈哈大笑。

真险呢！但这早已是过去的事了。谈起往事是开心的，还是为了开心才谈起那些往事？此刻他俩好像又回到那活泼快乐、无忧无虑、生龙活虎的青年时代。

那时，他俩曾在冀中平原红高粱夹峙的村道上骑车竞驰；在乡间驻地的豆棚瓜架下，一个操琴，一个唱戏；在一条炕上高谈阔论后抵足而眠；一起办报，并各自伏在案上不知疲倦地写出一篇又一篇打动读者的文章……

精力、活力、体力，你们为什么都从这两个可爱的老人身上跑走了呢？谁能把你们找回来，还给他们，使他们接着写出《铁木后传》《风云续记》，写出一个个新的、活生生的、连续下来的《不连续的故事》，他们还要一个重返白洋淀，一个再下三峡，用他们珠玑般的文字，娓娓动听地向我们诉说那里今日的风情与景象……

四

坐了一个多小时，我担心两位老人都累了，便搀扶方纪起身告别。走出屋子，孙犁喂养的一只小黄鸟叫得正欢，一盆长得出奇高大、油亮浓绿的米兰，花儿盛开，散着浓浓的幽香。

孙犁说："你们从东面这条道儿走吧，这边道儿平些。我在前面给你们探路。"说着他戴上草帽，拿起手杖走到前面去了。

我帮着方纪挪动他瘫软了的半边身子，一点点前移。孙犁就在前面几步远的地方，用手杖的尖头把地上的小石块一个个拨开。他担心这些碎石块成为朋友行动的障碍。他做得认真而细心，哪怕一个栗子大小的石子，也“嗒”的一声拨到小径旁的乱草丛里去……

这情景真把我打动了，眼睛不觉潮湿了，还有什么比爱、比真诚、比善良的情感更动人么？这两个文坛上久负盛名的老人，尽管他们的个性不同，文章风格迥然殊别，几十年来却保持着忠诚的友情。世事多磨，饱经风霜，而他们依然怀着一颗孩童般纯真的心体贴着对方，一切仿佛都出自天然……此刻，庭院里只响着方纪的鞋底一下下费力地摩擦地面的声音，并伴随着孙犁的手杖把小石块一个个拨出小径的清脆的嗒嗒声。在这两种奇特声音的交合中，我一下子悟到他们的文章为什么那么深挚动人。不禁想起一位不出名诗人的两句诗：

爱在文章外，
便在文章中。

无意间，我找到了打开真正的文学殿堂的一把金钥匙。

1981.11

话说王蒙

一

王蒙写了《夜的眼》等几篇背叛文学传统的小说，不知是祸是福，一下子掉进议论的旋涡。因为，几十年来，中国文坛不曾在艺术方面展开过如此广泛和激烈的辩论。

在报刊上，一些评论家热烈地赞助王蒙，文章写得由浅入深，想尽办法把王蒙这些作品解释明白；他们像一群认真得有些发迂的外科医生，细心解剖王蒙，恨不得把这头怪物身上每一根末梢神经和毛细血管，都加上明明白白的注脚；另一些评论家则对王蒙提出批评、劝诫、警告。这并非是冷淡，而是恼火，原来也动了感情！

他正在征服一座无名高峰。奋力攀登吧，小伙子！

他已经走到悬崖边缘了。一失足成千古恨，该回头了，浪子！

议论的另一个中心在读者中间。作家更关心这个中心。这里也更加激烈。评论家往往要给作家留点面子，下笔时有委婉之处；读者的话却都是直接感受，不讲究措辞。他每天从邮递员手里接过一沓沓信，来自天南地北，褒贬皆有。有的是通篇真诚的赞美词，有的则写满被激怒的言语——

“《深的湖》是文学的堕落！”

“看《风筝飘带》，文字懂，意思不懂。看《海的梦》，文字和意思全不懂。结论：王蒙的作品，等于对大脑的惩罚！”

“你具有很高的格调！”

“在我所了解的中国当代作家中，很少像你这样富于历史感！”

“我看你还是多写一些《说客盈门》那样的作品，以便让更多的人接受。”

“请问，意识流是不是坐在家里瞎‘流’？”

“读你的作品时，常常产生一种似曾相识的感觉。你写出我无法形容的内心感受。”

“我们去订阅杂志时，先要问一问这杂志是否登载王蒙的作品。如果登载你的作品，我们就坚决不订！”

这些话无处争鸣，却在王蒙这里无声地打架。

王蒙笑了，笑中的含义是多样的，无人猜得。他并没有给这旋涡搅昏，反而从容不迫地接连写出《杂色》《如歌的行板》《温暖》《相见时难》，等等。这么一来，旋涡愈转愈急，他处处听到喝彩，也处处挨骂。

一家报纸向王蒙要一篇关于他本人作品的文章，他就把一封批评他作品的读者来信拿出来，推荐在报上发表。他把这位好心读者的严厉批评公开了。他自己也来推动这旋涡的转速。为此，人们便纷纷议论他这一举动。有人说他自找挨骂；有人说他非常聪明，因为对于作家来说，批评也是一种宣传，批评过重，还能取得善良读者的同情；有人则说他胸怀开阔，一个肚子里真正能跑轮船的人。

“你呢，你认为呢？”有人问我。

我听到这问话，首先有种快感。我对于可以自由发表自己意见的事物，总是十分感兴趣的。

二

我对王蒙讲述关于拳王阿里的一段事：阿里每逢比赛，总要事先出钱收买一些人，作为自己的反对者。在比赛时，给他起哄，骂他，羞辱他。这样，阿里的搏斗欲望才被刺激起来，力量鼓满全身，肌肉膨胀，精神达到最佳的竞技状态……

“他需要挑战。”我说。

此时王蒙的眼睛灼灼发光。他似乎说：我也一样！

强者欢迎挑战，弱者害怕攻击。强者在挑战中，情绪得到激发，力量接受反作用力的补充。

一次会议后，我对他说：“你今天的话不够精彩。”因为他讲话一向风趣十足，充满灵感，时出犀利的警句。他说：“今天在座的没有反对者，我兴奋不起来。”

文学艺术的历史，每每向前迈一步，首先都会碰到挑战。勇士是在战场上厮杀出来的，运动冠军是在比赛场上拼搏出来的。如果

* 给王蒙画的漫画

你要大胜一场，赢得光彩，就要带着全副本领昂然地去迎接最强有力的挑战！

但是，王蒙所遇到的并不完全是挑战。还有对他的困惑、担心和猜疑。

他在玩弄形式？在有意回避尖锐的社会问题？在做文字游戏？在制造迷阵？在装腔作势？在用洋笔墨糊弄中国人？

作家从来不应该为自己的作品辩解。哪怕有人把你的作品歪曲变形，也没有必要更正。这一点，作家应当像大自然——它创造山林、平原、江河、泥石流、火山、潮汐、花草、飞雪、微风和斜雨……但它始终沉默不语。一边任由人们享受和利用，一边听凭人们埋怨与责怪。

把解释权、评定权、裁决权，永远留给别人。作家的天职便是创造和再创造。

那么谁来解释清楚王蒙——这个当代文学的叛徒，不肯循规蹈矩，搞坏人们文学胃口的狂人，戏弄读者的文学魔术师？

谁来说明：他的小说为什么人物不鲜明，看不出主题，结构不清晰，语言东一句西一句，没情节，有头没尾或没头没尾。他的创作思维是否发生了紊乱？那些自称他的读者，又是些什么人？赶时髦？不懂装懂？精神错乱者？

三

他的两只眼都近视，一只四百度，另一只四百二十五度。他配了一副度数精确的眼镜，为了把这缤纷复杂的世界、千变万化的生活和形形色色的人全都看得一清二楚。

他不肯把注意力固定在某一个范围内。作家理应对周围存在的和存在过的一切都发生兴趣，好奇心超过儿童，视角三百六十度；大脑像一架大型计算器，敏捷地储存下从大千世界中感受来的每一个信息；目光跟踪所发现的所有人和事。

中国太大了，人太多了，历史太曲折了；生活如同大海一样莫测深浅与吉凶。忽而水波不兴，一碧万顷；忽而大浪滔天，樯倾楫摧。这个人，不满十四岁就“地下”加入新中国缔造者的行列，少年的布尔什维克。当他眼瞧着天安门广场被胜利的红旗遮盖时，理想仿佛一条宽阔的光带铺在脚下。其实，理想还在心中，现实却在脚下。三十年来他走过一条异常艰辛的路，许许多多人都一同走过这条路。有的跌倒，有的停下，有的从来不肯止步不前；有的抱怨，有的呻吟，有的默不作声；有的凭惯性，有的靠意志。大多数人一直走到今天，心里边装满酸甜苦辣。有的灰心丧气，有的依旧气宇轩昂。王蒙是后边这一种。在这一种人中，他还是结实的一个。

有位美国人问他："五十年代的王蒙和七十年代的王蒙，哪些地方相同，哪些地方不同？"

他回答："五十年代我叫王蒙，七十年代我还叫王蒙，这是相同的地方；五十年代我二十多岁，七十年代我四十多岁，这是不同的地方。"

乍听是句玩笑话，话里却包含着千言万语难以穷尽的广泛内容。

生涯坎坷的人，如同生在绝顶、日日风吹的树。脆弱的枝条最容易折断，根深蒂固才得以生存下来。苦难里可以找到生活的蜜汁，困境中可以发现真正生活的通途，失败中可以求得避免失败的经验。谁能用痛苦制造出医治痛苦的良药，在锤打中练就一副坚硬的身骨，谁才能说：我获得了生活的真谛。

作家的责任，还要把这一切告诉给人们。惩恶扬善，化凶为吉，去伪存真。唤醒生活的幻想者，同时给过分现实的人一点幻想。还要给那些颓唐、沉沦、迷惘的人一副有效的精神补剂。

一九六四年，他被放逐到遥远的新疆，抵达乌鲁木齐的当夜，他写了一首七言绝句：

死死生生血未冷，风风雨雨志弥坚；
春光唱彻方无憾，犹有微躯献塞边。

将近二十年过去了，王蒙还是王蒙。依旧是布尔什维克，但是一个清醒的、经过各种磨炼的布尔什维克；依旧是一个赤子，但是一个成熟的赤子；依旧心头热血奔流，但他不会再为生活中美丽而晃眼的假象所迷惑，单纯又傻气地冲动起来；依旧充满社会责任心，但他更懂得这种责任的严峻性和怎样去尽自己的职责。

经历了数十年风云变幻，岁月的锋刃在他脸颊上刻下两条垂直的皱痕，如今他把皱痕变成半圆形的曲线，现出笑容。

笑不一定都是轻松的，叹息也不一定是绝望。最明亮的地方，灰尘反而看得一清二楚。最黑暗的地方，一小块碎玻璃碴反而会发亮。眼泪的味道更不相同，酸的、甜的、苦的、涩的，还有混在一起的。

他说："作家的积累，除去生活的积累之外，还有情绪的积累。"

如果快乐、辛酸、甜美、忧虑、愤慨、感叹，沉思与回忆，过去与现在，历史与现实，一时都涌在心中呢？百感交集！这个内心异常丰富的人，时时处在这种百感交集之中！

他说："我如果用原先的写法，只能把这些感受和情绪一种一种写出来，但写到三种以上，就会有人以为我是在'意识流'了！"

他还说："在表现生活上，我要'全方位'。"但哪有一种这样现成的手法？单单"意识流"也不够用呢！

四

艺术为内容去寻找形式。当内容发生变化，旧形式就成了束缚，陈规和锁链。咬不破茧套的蚕儿，最终会僵死在套里，活的生命干缩成一块可怜巴巴的无机物。这使我想起裹脚的老奶奶，她那硬给传统习惯捆束的模样可怕的一双小脚。

社会变迁，艺术受生活内容的逼迫而面临变革。本世纪以来，音乐的节奏明显地受生活的节奏影响；照相技术的精益求精，轰毁了西方绘画中写实主义的统治宝座；光、电子、宇宙探索的迅速发展，在人们的思维、意识和审美中产生深刻又微妙的作用。彩色音乐、太空美术和有形的文字——电影出现之后，人们对于文学艺术概念的理解不同往昔了。科学的昌明，还使社会结构愈来愈复杂，大脑愈精致，个性更突出，包括艺术在内的表达方式也就更加多样。

中世纪的田园牧歌虽美，只是旧生活迷人的遗迹，供怀古者发一发幽情而已。现代建筑师不会再去建造金字塔和长城，他们要在地球上留下能够标志本世纪特征的事物。

艺术史从来不记载摹仿者的姓名。它干脆就是一连串拓荒者的姓名连缀一起的。在创新的道路上，失败和成功的比例，大约是一万比一。摹仿的事情容易又稳妥，革新之举艰难又冒险。成功了，就被尊崇为某某开山鼻祖；失败了，便被斥为异想天开的狂夫。清朝三百年，中国画坛是泥古不化的“四王”的天下，绘画则有退无进，几乎滞绝。为此，我于此道，向来不敬渊博的守旧者，宁肯听信雄心勃勃的狂夫们的！在最难获得成功的地方，应该是最允许尝试和失败的。

艺术形式的变革，有它自身的规律。它不因朝代的更迭而划分。它是受科学、哲学、社会生活的变化不断的影响，最后表现在审美内容和方式上的一个飞跃。这个飞跃，要靠一些具有非凡艺术胆识的人去创造。

奇怪的是，艺术家们创造出最符合时代特征的美，往往并不马上被人们所承认。在绘画中，扬州八怪和印象主义都在它诞生时被相当一部分人视为艺术怪胎，一时耻笑和怒骂淹没了少许的赞赏，但过了一段时间，这种反感的情绪便渐渐平静下来。人们从适应到承认，从承认到公认，终于看出其中最贴切的时代感，这才惊讶地发现艺术家超乎寻常的才气。而“时代感”在当时就是“现代感”。现代感中包含审美内容。真正划时代的艺术家，都是站在时代最前头，凭着艺术慧眼，敏察生活中蕴藏的现代感的。他的成就之一，就是把这种人人都隐约觉得的现代感捕捉到，具象之后，摆在人们面前。

每个时代有两个脉搏。一个生活的脉搏，一个美的脉搏。作家就是要同时准确地摸到这两个脉搏。一个化为内容，一个化为形式；但这个时代巨人的脉搏究竟在哪里？没人告诉，只有自己去寻找和摸索。

本世纪初开端的现代文学思潮，大多具有尝试性。作家为了表现各自的艺术主张和精神内容，甩开习惯的羁绊，朝着各自方向努力，也难免各走极端。费解的事物并非不可理解，正如荒诞派作品的本意并不荒诞。是否有人故意制造怪诞和迷阵去欺弄读者，这也难免。但是我想，作家大都是希望读者了解自己的。失掉读者的作家就像孤岛上的鲁滨逊。谁要去做鲁滨逊？王蒙吗？

王蒙认为自己自从写过《夜的眼》，仿佛如鱼得水，游刃自如，他找到了自己最恰当的座位，最合身的服装和最舒适的鞋子，还有翅膀和鳍，同时也留下一条尾巴给人。这条尾巴就是：不懂。

一部分人不懂。

一部分人懂。

一部分人只懂一部分。

他无法使所有的人一下子都弄懂自己的作品；他更没有权利责怪不懂他作品的人，但他也不愿意丢掉刚刚获得的不少知己和一大批倾心相与的读者。

“在当今中国作家中，王蒙是采用西方意识流写作的吧？”

“不，我不这样认为。”

“噢？王蒙的作品形式不属于意识流？”

“对不起，先说意识流，我不认为是一种形式，而是一种方法，或叫手段。其次，意识流手法不是西方独有的专利权，中国古代诗词就有类似意识流的手法。它以人的意识活动的方式，从作家或作品的人物主观出发，去揭示人物的内心活动和感受，由此多层次地、立体地、真切地表现生活。东西方作家都采用过。尽管王蒙所用的意识流主要是受西方现代文学影响，但在他的作品中，意识流只是其中一个有机的组成部分，不是全部，否则就容易把王蒙误解为西方现代文学的仿效者，那就低估了王蒙的价值，也不符合王蒙创作的实际。”

“请问你，除去意识流，王蒙还有什么？”

“我希望不要把王蒙分解开，而要合在一起研究，否则就难以看到他的特点。”

上面是我和英国一位汉学家的对话。

王蒙至今对几位“意识流”大师，如乔伊斯和福克纳等人的作品，并非狂爱，相反很难读下去。

他不否认,他动用了“意识流”。《春之歌》《风筝飘带》和《蝴蝶》中就有较多“意识流”。《买买提处长轶事》含有某些超现实主义成分。《相见时难》中的“主食”是现实主义,又是各种手法的大杂烩。

他对西方各种文学手法，采取拿来主义。十八般武器，哪个得用就操起哪个，有时几样同时用。生活不为艺术设置内容，艺术却给内容设计形式。他主张一个作家要有几套笔墨。不要为了自己事先定好的调子，去捏着自己的喉咙发声。

他厌恶窄，狭隘，局限，自己捆缚自己的手脚；他喜欢宽，开阔，宽容，敞开自己的胸怀和情怀。

中国艺术之所以光华灿烂，正由于中国人曾经创造过无穷无尽、千奇百怪的艺术形式。中国人对艺术的理解力不低于世界任何民族。当西方艺术家设法打破戏剧舞台上的第四堵墙时，中国戏剧早不存在这一恼人的问题了。中国的书法艺术家，比任何西方抽象艺术都更加抽象，并专一地注重形式的表现。中国绘画从理论到技巧，都是二十世纪以来西方画家才开始触及的。

在历史上，从晋唐时期对东南亚佛教艺术的吸收，到本世纪以来苏俄文化的涌入，外来文化对中华民族文化的形成多次发生影响，但还没有一个民族的文化取代华夏文化。悠久的历史是民族的精神资本，民族精神又是自己艺术的重心。自己的艺术磅礴有力，对于外来文化（包括各种艺术形式）就有很强的消化力。在当今世界上，不善于吸取其他民族文化的优点和不善于保护自己民族文化的特点，同样是愚蠢的。民族特色也在不断地装进时代内容，染上时代色调。

至今我还没有读过任何一个外国作家的作品，与王蒙的作品类似。他穿上西装，在爱荷华的大街上蹓跶，人家还要把他当作中国人。他也以自己为中国人而自豪，毫无装一装洋人之意。

他深知，面对世界，中华民族的文化为他提供一个得天独厚、占据优势的高地。但他在这高地上的工作，不是把成堆的珍奇的古董搬来搬去，而是要在这峰顶添加几枚鲜活的哪怕是小小的石子。加高它！

在地球上，风是流动的，云彩到处飘，太阳和月亮轮流在东西半球值班；如今，通信卫星和无线电波把世界上每一角落、每一小时发生的事情传来传去；艺术不再相互隔绝，而成为各民族之间互相沟通、不需要翻译的往来交流的桥梁……

日本人喜欢雕刻一种三个并排而坐的猴子。一个双手捂着眼睛，一个捂嘴，一个捂耳朵。俗称“不听不说不看”。据说过去日本人很信奉这种与世隔绝的哲学，真不知这种哲学怎么使人受益？如果当今世界各国人都“不听不说不看”，日本的以出口为主的家用电器工业肯定马上垮台。故此，今天的日本人也抛弃这种哲学，那三个猴子便成了没有任何训诫意义、纯粹日本特色的小工艺品了。

世上其他地方，不知还有没有这种“不听不说不看”的小猴子？或是老猴儿？

五

我们在谈论各自喜欢的颜色。据说一个人偏爱的颜色能看出他的性格来。

蒋子龙：“我爱大红。”这条每个字都蘸着灼热激情的文学大汉，爽快地说。

张抗抗：“我喜欢淡蓝。”远天和薄雾中的海，都是这种颜色。她说得饶有诗意。

我告诉大家：“有位心理学家说，喜欢黄颜色的姑娘大多有点妒忌心理。”

王蒙来了，我们问他，他眨了眨眼：“杂色。”

杂色？杂色包括一切颜色，是世间万物、芸芸众生呈现的外观，为此画家的调色盘不拒绝任何一种颜色，钢琴家的键盘不能缺少任何一个音。哪怕最脏的颜色和最弱的音。

王蒙很少排他性。他总想包罗万象！胃口和食欲都极大，以致他的作品有时给人一种“袋子要被撑破”的感觉。

世界是他矛盾的混合体，难以统一的纷杂的集合。人也一样，优点、缺点、弱点，混在一起。你真诚、正义、善良、认真、讲卫生、不浪费、做过许多好事……对！但你从来没有过失？内疚？自私？说过谎话和假话？当然，在这中间，你还有倾向、追求和侧重面，否则人人都会不清不白，世事也就没有是非可言。

如果你想真正了解王蒙，最好先看全他身上的杂色。生活的多磨，使他外凸的棱角不多；过早的不公平遭遇，使这个机敏聪明的人早熟；八面逼来的社会应酬，又使他锻炼得善于八面应酬。这就难免被人误解为一个圆滑的精鬼儿。实际上，他的大脑经常陷入严峻的沉思，说话时不乏锋芒毕露而入木三分的议论；他和女儿逗笑时，会不知不觉现出他所怀恋的少年时代的纯真；他以对待艺术兼容并包的宽宏态度，对待不同性格的朋友和不同风格的同行们。他在多年来同甘共苦的妻子身边，好比刘备一样温存，但当他找不到东西时，恨不得把满屋的抽屉全都扣在地上；一个勇气填满胸膛的男人，待客备宴，宰鸡时却怎么也下不了手，搞得鸡在手里嘎嘎乱叫。他到底坚强还是软弱？一个事业上练达的干将，个人生活上的糊涂虫！一边预备好布票和钱，要去为自己买绒裤，一边正要给远在内蒙古的妹妹寄信，糊里糊涂把布票塞进信封寄走。他在商店选好绒裤后却找不见布票。不多天，妹妹来信说："我这里布票足够用，请你不要再寄了！"他经常把自己搞得啼笑皆非！

他生活中经常出笑话，他偏偏也最喜欢说笑话。在最困窘的岁月里，他很少哭丧着脸，如今到了最严肃的场合，他还是忍不住说几句笑话。

笑话，能减除痛苦，抵消伤感，缓和紧张，松弛精神，健脾养胃，还能加强生活的信心。

他说："幽默感是智力上的优越感。"

中华民族本来是个富于幽默的民族。为此，戏曲中还有一种专事逗笑的丑角儿。也许近几十年的生活过于庄严和沉重，幽默感在人与人之间陌生起来。文学艺术中正剧和悲剧，便大大超过喜剧。

天性幽默的王蒙忍受不了这种天天一脑门子官司。人们都用自己的能耐对付生活，他则时时刻刻拿出擅长的幽默去迎战生活中的消沉与反常。幽默使他放松，也使他振奋；幽默使人不觉得他有“架子”，也使人无法对他摆出“架子”。幽默还使他与周围的人很快建立一个舒适而亲切的关系。

他说：“幽默感是平等的表现，是对于等级观念的抗议，是对自负、病态的自尊、威严观念的一种矫治。旧中国，父子、君臣、师生之间都不能开玩笑，因为尊卑之别太甚。夫妻在闺房里是可以开玩笑的，出门之后就要作正经。”

对于一个成熟的作家，他本人个性中的各种因素，都会自然而然地反映到作品中去。王蒙更无保留，化灵魂为文字。缺陷也和优长一样显现出来。你可以看到，他内心情绪的表现长于形象刻画，大量又过多的鲜活的感觉搅乱了人物的具体性；没有轮廓而有核心，他似乎把哲学埋得太深，让人找起来有点费劲……当然，缺陷有时正是优长的另一面，同时存在。

文学不是文物，难作鉴定，谁也做不成文学法官，全凭读者自由选择。对于内涵丰杂的作品，读者总是从中各取所需，各取所好。难怪王蒙的赞成者，有的忽然变成他的反对者。

有个传说，王蒙在美国住了四个月，就能用英语讲课。去掉某些神奇色彩，他的英语足可以在国外应付一气。只不过在外国人听来，有些“口吃”罢了。但他能说一口流畅的维吾尔族语言。在新疆，有些维族人，不知他是作家，却只知他是个好翻译。他的口译能力，几乎能和两边说话的人同步。他的维语，是十年前在新疆伊犁背诵维文的“老三篇”时得到的意外收获。他的笔译有文为证。他译成汉文的维族作家合木提·买合买提的《奔腾在伊犁河上》已经出版。至于他将来是否翻译英文小说，那就看他的兴趣了。王蒙大概会回答：“可能！”

这个世界上什么都有可能。

六

《不如酸辣汤及其他》出版了。有人认为王蒙要朝着黑色幽默走去。

《相见时难》出版了。有人认为他又向现实主义退回一大步来。

他究竟走向哪里？王蒙说："不知道，既可以走得更远，也不妨回去转转，还可以另开别的路。"

他不能为自己预卜，别人的占卜则更不可信。

作家往往能看透社会，却无法看清自己。

当人人说他是"意识流"时，他在杏花村饮酒，即兴赋了四句诗，同行们看了无不大笑：

有酒方能意识流，
人间天上任遨游；
杏花竹叶情如梦，
大块文章乐未休。

原来是四句玩笑话！话里分明含着另一层意思。他是在嘲笑别人，还是嘲笑自己？他常常自嘲，而只有自信心很强的人才敢于自嘲。他似乎又是胸有成竹的。

世上的事，有的应该尽快找到答案，有的则以不急于下断语为好。对于作家，我们只有把问号留在心里，把答案留给他本人，把尝试权交给他本人，何况我们的社会已经给作家们展开一个自由驰骋的创作天地。

1982.5.16 天津

怀念老陆

近些天常常想起老陆来。想起往日往事的那些难忘的片断，还有他那张始终是温和与宁静的脸，一如江南的水乡。

老陆是我对他的称呼。国文和王蒙则称他文夫。他们是一代人。世人分辈，文坛分代。世上一辈二十岁，文坛一代是十年。我视上一代文友有如兄长。老陆是我对他一种亲热的尊称。

我和老陆一南一北很少往来，偶然在京因会议而邂逅，大家聚餐一处，老陆身坐其中，话不多，但有了他便多一分亲切。他是那种人——多年不见也不会感到半点陌生和隔膜。他不声不响坐在那里，看着从维熙逞强好胜地教导我，或是张贤亮吹嘘他的西部影城如何举世无双，从不插话，只是面含微笑地旁听。我喜欢他这种无言的笑。温和、宽厚、理解，他对这些个性大相径庭的朋友们总是抱之以一种欣赏——甚至是享受。

这不能被简单地解释为“与世无争”。没有一个作家会在思想原则上做和事佬。凡是读过他的《围墙》乃至《美食家》，都会感受到他的笔尖里的针芒。只不过他常常是绵里藏针。我想这既源自他的天性，也来自他的小说观。他属于那种艺术性的作家，他把小说当作一种文本的和文字的艺术。高晓声和汪曾祺都是这样。他们非常讲究技巧，但不是技术的，而是艺术的和审美的。

一次我到无锡开会，就近去苏州拜访他。他陪我游拙政、网师诸园。一边在园中游赏，一边听他讲苏州的园林。他说，苏州园林的最高妙之处，不是玲珑剔透，极尽精美，而是曲曲折折，没有穷尽。每条曲径与回廊都不会走到头。有时你以为走到了头，但那里准有一扇小门或小窗。推开望去，又一番风景。说到此处，他目光一闪说：“就像短篇小说，一层包着一层。”我接着说：“还像吃桃子，吃去桃肉，里边有个核儿，敲开核儿，又一个又白又亮又香的桃仁。”老陆听了很高兴，禁不住说：“大冯，你算懂小说的。”

此时，眼前出现一座水边的厅堂。那里四边怪石相拥，竹树环合，

* 随陆文夫游拙政园

水光花影投射厅内，厅中央陈放着待客的桌椅，还有一口天青色素釉的瓷缸，缸里插着一些长长短短的书轴画卷。乃是每有友人来访，本园主人便邀客人在此欣赏书画。厅前悬挂一匾，写着“听松读画堂”。老陆问我，为什么写“读画”不写“看画”，画能读吗？我说，这大概与中国画讲究文学性有关。古人常说的“诗画相生”或“诗是无形画，画是有形诗”。这些诗意与文学性藏在画中，不能只用眼看，还要靠读才能理解到其中的意味。老陆说，其实园林也要读。苏州园林真正的奥妙是这里边有诗文，有文学。我听到的能对苏州园林做出如此彻悟只有二位：一是园林大师陈从周——他说苏州园林有书卷气；另一位便是老陆，他一字道出欣赏苏州园林乃至中国园林的要诀：读。

读，就是从文学从诗角度去体会园林内在的意蕴。

记得那天傍晚，老陆在得月楼设宴招待我。入席时我心中暗想，今儿要领略一下这位美食家的真本领究竟在哪里了。席间每一道菜都是精品，色香味俱佳，却看不出美食家有何超人的讲究。饭菜用罢，最后上来一道汤，看上去并非琼汁玉液，入口却是又清爽又鲜美，直喝得胃肠舒畅，口舌愉悦，顿时把这顿美席提升到一个至高境界。大家连连呼好。老陆微笑着说：“一桌好餐关键是最后的汤。汤不好，把前边的菜味全遮了；汤好，余味无穷。”然后目光又是一闪，好似来了灵感，他瞅着我说，“就像小说的结尾。”

我笑道：“老陆，你的一切全和小说有关。”

于是我更明白老陆的小说缘何那般精致、透彻、含蓄和隽永。他不但善于从生活中获得写作的灵感，还长于从各种意味深长的事物里找到小说艺术的玄机。

然而生活中的老陆并不精明，甚至有点“迂”。我听到过一个关于他迂到极致的笑话。那是二十世纪八十年代中期，老陆当选中国作协副主席。据说苏州当地政府不知他这职务是什么“级别”，应该按什么“规格”对待。电话打到北京，回答很模糊，只说“相当于副省级”。这却惊动了地方，苏州还没有这么大的官儿，很快就分一座两层小楼给他，还配给他一辆小车。老陆第一次在新居接待外宾就出了笑话。那天，他用车亲自把外宾接到家来。但楼门口地界窄，车子靠边，只能从一边下人。老陆坐在外边，应当先下车。

但老陆出于礼貌，让客人先下车，客人在里边出不来，老陆却执意谦让，最后这位国际友人只好说声："对不起"，然后伸着长腿跨过老陆跳下车。

后来见到老陆，我向他核实这则文坛轶闻的真伪。老陆摆摆手，什么也不说，只是笑。不知这摆手，是否定这个瞎诌的玩笑，还是羞于再提那次的傻实在？

说起这摆手，我永远会记着另一件事。那是1991年冬天，我在上海美术馆开画展。租了一辆卡车，运了满满一车画框由天津出发，车子走了一天，凌晨四时途径苏州时，司机打盹，一头扎进道边的水沟里，许多画框玻璃粉粉碎。当时我不知道这件事，身在苏州的陆文夫却听到消息。据说在他的关照下，用拖车把我的车拉出沟，并拉到苏州一家车厂修理，还把镜框的玻璃全部配齐。这便使我三天后在上海的画展得以顺利开幕，否则便误了大事。事后我打电话给老陆，几次都没找到他。不久在北京遇到他，当面谢他。他也是伸出那瘦瘦的手摆了摆，笑了笑，什么也没说。

他的义气，他的友情，他的真切，都在这摆摆手之间了。这一摆手，把人间的客套全都挥去，只留下一片真心真意。由此我深刻地感受到他的气质。这气质正像本文开头所说的一如江南水乡的宁静、平和、清淡与透彻，还有韵味。

作家比其他艺术家更具有生养自己的地域的气质。作家往往是那一块土地的精灵。比如老舍和北京，鲁迅和绍兴，巴尔扎克和巴黎。他们的心时时感受着那块土地的欢乐与痛苦。他们的生命与土地的生命渐渐地融为一体——从精神到形象。这便使我们一想起老陆，总会在眼前晃过苏州独有的景象。于是，老陆去世后那些天，提笔作画，不觉间一连画了三四幅水墨的江南水乡。妻子看了，说你这几幅江南水乡意境很特别，静得出奇，却很灵动，似乎有一种绵绵的情味。我听了一怔，再一想，我明白了，我怀念老陆了。

2005.8.8

那个激流奔涌的时代
那个时代的文学